集英社オレンジ文庫

Bling Bling

ダンス部女子の100日革命!

相羽　鈴

本書は書き下ろしです。

イラスト／いちご飴

Bling Bling
ダンス部女子の100日革命!

Side 星《あかり》

「はぁ、はぁ……あと…ちょっと……」

駅から学校へ続く坂道を、自転車で走っていた。

四月の初めにほわほわと咲き誇っていた桜はとっくに散って、鮮やかな緑の葉が茂っている。重くなるペダルを必死でこいでいるのであまり眺める余裕はないけど、これはこれで綺麗《きれい》だと思う。

駅から学校へ続く緩《ゆる》い坂道。

一年前の入学時はしんどすぎて毎日クタクタだったけど、最近は慣れてきた。朝からここを登り切ると、ちょっとすっきりする。

だけどやっぱり、疲れることは疲れる。

「おはよ星《あかり》」

友だちの紗枝《さえ》が、紺《こん》色の自転車で隣に並んだ。

「おはよ紗枝」

「ねえ、後で今週の練習メニュー見てくれる？　昨日ざっと書いてきたんだけど」

「うん、ありがとう紗枝、はぁ、はぁ」

紗枝の方も息が切れているけど、星よりはまだ余裕がある。

「おっはよー星」

「おはよ……」

徒歩で通っているクラスの友達が、すれ違い様に星に手を上げる。

「ほら頑張って、私たち歩きなのに追い越しちゃう」

「ま、待って……」

あとほんの数メートル。ここが一番きつい。だけど上り切ったら、今日は何かいいことがある気がするから。

星はぐっと力を入れて、ペダルを踏んだ。

Side 詩《うた》

詩はいつも、ぱちりと目を覚ました次の瞬間には、むくりと起き上がる。

あまり布団をかぶってのんびりしない。

起きてる時は起きてる。寝てる時は寝てる。

どちらなのかハッキリしている方が好きだ。決して真面目《まじめ》さからくるものではなくて、なんとなくそっちの方がすっきりするだけ。

「というわけで、新しい曲の構想ができたら、送ってください。今日はウェブサイトのインタビューがあるので遅れないでね」

枕もとのスマホに、そんなメールが届いていた。

詩は所属事務所を決めて一年ほどになる、新米ミュージシャンだ。

ボーカルコンテストでいくつか入賞したあと、声をかけてきた事務所の中からいちばん方針のあいそうな所に決めた。

まだ個別のマネージャーさんもつけてもらっていないけど、少しずつ露出の機会は増えている。

窓を開けると、春の朝の爽《さわ》やかな風が起き抜けの頰《ほお》を撫《な》でていった。気持ちが良くてうーんと伸びをする。

今日は取材があるから、学校には四限から出席する。

マンション下の表通りを、いろんな学校の制服を着た高校生が歩いていく。

もともと近所にも同じクラスにも友達がいないし、今日みたいに時間がズレることも多いので、詩の登校はだいたい一人だ。

仕方がないけど、ちょっと寂しい気もする。

さみしい……ちょっと寂しい……。

あっ、と思った。新しい曲の構想の尻尾《しっぽ》がつかめた気がする。いつもは前向きな歌が多いけどたまには違う路線もいいかも。

顔を洗って、ちょっとだけ考えてから出かけよう。

バタンと部屋のドアを開けた。今日も一日が始まる。

Side 星《あかり》

ダンスの基礎練習をしているところは、知らない人に見せたら「なんだか地味」なんて思われるかもしれない。

肩をひたすら上下する。

胸をぐっと前に出して引っ込める。

そんなシンプルな動きを一定の速さで、何十回も繰り返すアイソレーション。

身体《からだ》のパーツを、それぞれ別々に動かす訓練だ。

ダンサーたちは一見かるがると自由自在に動かしているようにも見えるけど、最初からそれができる人間なんていない。

誰しもこうやって、毎日みっちり基礎練習を繰り返して少しずつマスターしていく。

ステップの踏み方や空間の使い方を取得したり、表情や視線といった個性をのばしたり。

一曲のダンスには、そういういろんな努力が詰まっている。

（やっぱりもう少しがんばらないと……）

星はそう思いながら、ひたすら身体を動かしていた。

「今日は久しぶりに、アロー重点的にやろっか？　基本に立ちかえって」

「うん！」

副部長の紗枝に言われて、明るい声を作る。

アローはその名の通り、弓を引くように腕を後ろにそらす、シンプルな動き。

頭を動かさず、ひざの関節も柔らかく使って綺麗に見せなきゃいけない。

目の前のガラスに映る自分の動きはブンブンと無駄が多くて、少し野暮《やぼ》ったい。

もっと気を配った動きにしたいのに、と焦ってしまう。

（一応、部長だし……もっと上手《うま》くならなきゃ）

夢中で身体を動かしながらも、周りにいる部員たちのことをつい、観察する。

中学からの親友でもある紗枝は子供のころからバレエをやっていたので、姿勢もよく、柔軟性が高い。神経が指の先までいきわたっている気がする。

一年の里穂《りほ》は期待の新人と言われていて、テクニックは先輩にも負けていない。中学でダンス部に所属していて、場数もたくさん踏んでいる。

二年のカンナはヒップホップを聴くのが好きなせいか、ちょっとルーズで力が抜けた動きをする。紗枝とはまた違った意味で身体が柔らかくて、肩をくいっと上にあげるときに独特のカッコよさがある。

カンナと仲のいい萌香《もか》はすごく小柄だけど、小動物みたいな甘ったるい可愛《かわい》さがある。

それぞれに上手い部分や得意な振付けは違うけど、それぞれに魅力的だ。

他の部員たちも一つや二つは「おっ」と思わせるような特技がある。

(あー、だめだめ、集中しないと)

自分には何もない気がしてきてしまう。

「十五分休憩にしよっか!」

紗枝のそんな声で、十五人の部員たちがゆるやかに散っていく。

「星、上手くなったんじゃない?」

「そうかな?」

「うん。こなれ感、出てきた気がする」

遠くからテニス部やバレー部の練習の声が聞こえた。

星たちが通っている秀瑛《しゅうえい》高校の敷地はかなり広い。

ダンス部員はいつも、授業が終わると、この東の外れの図書館前に集まる。

まだ実績が少ないから、こうしてちょっとしたスペースを間借りして踊っている。

とはいえ、ガラス張りの大きな窓に自分の動きを映せるから、場所としては悪くない。

鏡がない場所を使う時は、二人一組になって互いにチェックをしたり、スマホで動画を撮り合ったりする。

「お疲れさん」

「あっ。おはようございます」

いつも基礎練習が終わったところで、コーチの雅史《まさし》が顔を見せる。

社会人として仕事をしながら、週に二日だけ練習を見にきてくれている。

学生ダンスの元チャンピオンで、大学時代には世界大会への出場経験もある実力の持ち主だ。

いつも穏やかそうに微笑《ほほえ》んでいて、指導は丁寧《ていねい》だし、語り口は優しい。

ぱらぱらと集まってきた部員たちに、さっそく一言ずつ所感を告げる。

「星、肩の使い方が上手になったね。胸の動きがもう少しスムーズになるともっと踊りが滑らかに見えるから、胸のアイソレーションをもっと練習するといいよ」

「ありがとうございます！」

ダンス部は、できて一年と少しのまだ新しい部だった。部員も十五人しかいない。

入学したての星がどうしても学校でダンスがしたくて作った。

学校にかけあってあちこち走り回って、本当に急ごしらえの創部で。

最初の頃は練習場所も部室もなかったけど、一年たってようやく軌道に乗った形だ。

一年前は、ぴょこぴょことただ振りをなぞるだけで精一杯で、外で踊るのも恥ずかしいくらいだったけど、最近はだいぶ様になってきたと思う。

「カンナは細かいステップが去年より良くなった。ただ、たまに動きが雑になることがあるから、細かいところまで丁寧に踊るように」

「あざすー」

カンナはぴしっと敬礼した。

ちょっときつめの顔立ちが良く映えるオールアップポニーテール、派手なインナーカラーも入れている。

見た目はイカツめで言葉遣いが乱暴だけど、性格がパキッとしていて気持ちがいい。

「萌香はもっと自信もって。キメのところでしっかり表情と目線でアピールして。勝負どころでちょっとオドオド感が目立つから」

「は、はい」

萌香が少し舌ったらずな声で答えた。

こちらはとにかく可愛いものが好きで、練習用のウェアも白やベージュのラテカラーで、優しげな雰囲気《ふんいき》のガーリー風だ。

カンナが辛《から》めなら萌香は甘めで、二人合わせて甘辛ミックスなんて呼ばれていた。

一見正反対の二人はすごく仲がいい。どちらも自分らしいお洒落《しゃれ》を追いかけている、というのがまず共通項で、気が弱くて引っ込み思案な萌香を、細かいことは気にしないタイプのカンナが引っ張っている。

「紗枝と里穂は、特に言うことない……いや、紗枝は少し上品すぎるから、勢いを出すために、もう少し攻撃的な手足の使い方をしてほしい。逆には里穂はほぼ完ぺきだけど、もっと大胆《だいたん》に自分らしく動いてもいい」

「はい」

「分かりました」

時々実演しながら、一つ一つ指示をしていく。一年生が七人、二年生が八人。十五人それぞれ、得意も不得意も全《まった》く違う。

それぞれがメニューにそって練習をこなしていった。

「おつかれさん。今日はここまで。軽くミーティングしよう。話したいことがある」

「はい！」

練習の後はいつも、その日の反省やちょっとした申し送りをして解散になる。

星が隅の方でミーティング用の資料をごそごそやっていると、背後から芝生《しばふ》を踏む音がした。

「宮瀬《みやせ》さん」

「あ、はい……」

振り返ると、涼しげな眼をした一人の女生徒が立っている。

三年の薫子《かおるこ》先輩。この高校の生徒会長だった。

成績は一年の時から常にトップ、どんな時でも凜《りん》として落ち着いていて課外活動にも積極的……ということで、誰が呼び始めたのか『ミス・パーフェクト』なんてあだ名がついている。学校への愛が強くて『秀瑛の生徒にふさわしく』というのが口癖《くちぐせ》だった。

「最近、ダンス部遅くまで練習してるよね。帰りの時間、きちんと守ってね？」

「はい」

「あと、ここ図書室の前だから、音を鳴らしすぎないでほしいんだけど」

「苦情が来てるんですか？」

館内まで音が届かないことは確認済のはずなのに。

「……そういうわけじゃないけど。でも気を付けて。それからこの間の部長会議、あなた教室を間違えて遅刻したでしょう。気が緩《ゆる》んでるんじゃない？」

「……すみません」

その会議には、薫子先輩自身も遅刻してきた。しかし立て続けに注意を受けた流れのせいで、微妙に指摘しづらい。

先輩の声はけっして高圧的ではないけれど、逆らい難いものがある。

「あっ、薫子先輩、お疲れ様です！」

紗枝が二人に気づいて歩いてきた。薫子先輩は、それに気づくと、じゃあよろしくね、と言い残して、特に表情も変えずにその場を去る。

「うーん……」

「どしたの、星」

「紗枝、薫子先輩に怒られたことある？」

「ううん、ないけど……え、怒られてたの、今」

「ってほどじゃないんだけど……気のせいかなぁ。ううん、絶対そんなことないと思う……」

「？」

この先輩は、どうも自分にだけ当たりが強い気がする。


芝生の上に移動して、体育ずわりでコーチを囲んでいた。

「さて、皆様お待ちかね、大会のことなんだけど」

ニッと笑ってコーチが切り出すと、期待まじりの声が上がる。

「わーマジで出るんだ？　すげ」

「……………大会って中央ホールでやるんだよね？　人がいっぱいいるのかなぁ」

この市の地区大会は七月の終わり、大きなホールを使って大々的に開かれる。

もちろん大会出場がわずか二回目で叶ったのは嬉しいことだ。

それでも当たり前に、緊張はある。

「まずは大きなステージに立つ、ということを気持ちの上で意識してほしい。ちなみにこの中で、学校行事以外で人前でステージに立った経験あるのって何人いる？　バレエでも演劇でもなんでも」

手を上げたのは、紗枝と里穂だけだった。

紗枝はバレエ経験があるし、里穂は中学のころダンス部にいた。

「二人だけか……ちなみに、こんなプログラムにしたい！　的な希望ってあるかー？」

みんなは顔を見合わせた。

今まで練習に使ってきたのは、誰でもノリやすい人気のある邦楽のポップスや、ちょっと背伸びをしたクラブっぽい洋楽ＥＤＭが大半。

練習が楽しくなるようにできるだけキャッチーでメロディアスなものにしていた。

ジャンルにはこだわらず、できる限り多彩な振付を取り入れるようにしている。

すでにある振付を使ってすでに何曲か仕上げたし、去年の文化祭と今年の新入生歓迎会で披露したときは、それなりに盛り上がった。

そのおかげで里穂みたいな一年生も入ってくれたわけだけど……

あちこちの学校が集まる本格的な大会となると、何もかも未経験だ。

「オリジナルの振付に挑戦してほしいと思ってるんだけどな」

その言葉に、えー嘘、すごい、でもできるかなぁ、と少しだけ場がざわついた。

オリジナル。

つまり、誰かがすでに踊っていたものをなぞるのではなく、自分たちのための振付で踊るということ。

「振付って、コーチが作るんですか」

「まかせろ、こう見えても名コレオグラファーだから俺」

ゆったりとうなずいた。たまに星は、このコーチをラブラドール・レトリーバーみたいだと思うことがある。競技会で障害物レースをしているような、戦う犬だ。身体《からだ》は大きくて素朴《そぼく》で優しい雰囲気もあって、だけど愛玩犬《あいがんけん》ほどふわふわしていない。

「いいと思います。私はやってみたい」

里穂がぴしりと手を上げて言った。

おずおずといった感じではあるけれど、部員たちもそれに続く。

控えめな拍手が起こり、なんとなくそれで話がまとまった。

「よし、よく言った。まず曲を探してきて欲しい。二分半程度で、踊りやすい曲調のものを」

「どんな曲にしたらいいんですか?」

「お前らが好きになれる曲。初めての大会だから、厳しく教えてはいきたいけど、できれば楽しんでもほしい」

ダンス部員たちがうーん、と首をひねる。

部が発足してまだ一年と少しだ。

二年生も一年くらいしか活動していないし、この春ダンスを始めたような子も多い。楽しんで、と言われてピンとこないというのが本音だった
星は少しだけ迷い、思い切って手を上げる。

「コーチ。私、曲探してみます。一曲、使ってみたい曲があるんです」

「星。使ってみたい曲があるのに探してみる、ってどういうこと？」

言い回しの小さな違和感に気づいて、紗枝が尋ねた。

「すごく好きな曲があって……でも、いろいろと謎なの」

星の答えに、紗枝は何それ？　と不思議そうな顔になった。

「あのね、これなんだけど……」

スクールバッグの中から取り出したスマホをすいすいといじり、一曲の動画をひらく。

ふーん？　と何気なく聴いていた部員たちが「お」「かっこいいじゃん」と目を見張るまで、あっという間だった。


「とは言ったものの……手掛かりがないなあ」

星の言った「使いたい曲」。

それは一言で言ってしまえば、ネットに転がっていたもの、だった。

ほんの三か月ほど前に、

『Bling Bling　※制作中』

というタイトルで一分弱ほどの曲だけが動画サイトに上がっていた。

詳しいきっかけは忘れてしまったけど、なにげなく再生してぐっと引き込まれ、すぐに好きになった。

どうしてこんな曲がネットの片隅に、誰にも知られずに転がっているんだろう？　と今でも不思議に思っている。

私は私でいるときが一番、と繰り返し告げてくれる曲。

Bling Blingという言葉には確か「宝石みたいなキラキラ」という意味がある。

ダンサブルだしドラマチックだし、これなら絶対、文字通りキラキラしたダンスが踊れそうな気がする。

部員のみんなもすごく気に入ってくれた。

(でも、情報がないんだよね)

動画をアップしたのは『ハナ』というクリエイターで、だけどそれ以外の情報は何一つとしてなかった。アップしている動画はその一本限りで、プロフィールも空欄《くうらん》のまま。曲の良さからか閲覧《えつらん》は2000以上ついているし「いい歌ですね」「発売されてないの？」といったコメントもある。星もこっそりと「これ好き！」と書いてみたが、それらのどれに対しても返信は来ていない。

部活が終わって解散したあと、日の落ちかけた駅前広場でぼんやりしていた。

《良いと思ったものに Feel Feel Feel》

耳元のイヤホンからは『Bling Bling』が流れている。

「やっぱりいい曲……」

とは思うものの、歌い手の情報には辿《たど》り着けない。

SNSで探したりもしてみたけど決定的な手掛かりは何もなかった。

「さすがに情報が少なすぎて無理だよね。諦めて他のを探そうかな」

振付にかかる時間もあるだろうから、あまり長々と迷ってもいられない。

星は基本的に、音楽を聴くのが好きだった。

いつも耳に心地よくて、心を温めてくれて。辛《つら》い時にそっと味方になってくれるようなことだってある。

だけど、今日に限っては、すっとどこかに抜けていってしまうような気がした。

あれも違う、これも違う。

すっすっと、動画サイトのミュージックビデオを少し聴いては流していく。

どれもこれも、耳あたりはいいけどつらつらと流れてしまう。

絶対これで踊りたい！　そう思わせてくれるものに、なかなか出会えていなかった。

「せっかく振りを作ってもらうんだし、いいの探したいんだけどな……」

コーチは最高の振付をしてくれるはずだと思うから、まずすごい曲が欲しい。

何がどうすごい曲を見つけたいのか、それははっきり言葉にできないし、上手にイメージできないけど。でも『Bling Bling』を初めて聞いた時の「これだ」と感じた気持ち。

ああいう気持ちにしてくれる曲を、できれば探したい。

(曲については帰ってゆっくり考えよう)

そう思って立ち上がった時だった。

ほんの一節だけ、メロディが聞こえた。

ぱっと顔を上げる。うそでしょ、と思った。だって、この曲。

広場の隅にある、ステージのような形になった円形の階段。

その真ん中で、ギターを抱えた女の子が一人、スタンドマイクをセットしていた。

今から歌を歌うストリートミュージシャンが、喉《のど》の調子でも確かめるみたいに、さらっと一節歌った。

演奏を待っているらしい数人のお客さんがいるけど、通行人は視線なんか向けない。

地面に置かれた小型のアンプに『栗原《くりはら》詩』と書かれたホワイトボードが立てかけてある。

「今の歌……」

足元に、強い強い風が吹いた気がした。

間違いない。これ、あの歌だ。

そう、星が気づくのとちょうど同時に、リハーサルが終わったのか本番が始まる。
その子は前置きもなしに、歌い出した。
なんの予備動作もなく、すっと息を吸って。
「！　ええっ」
歌に引き寄せられでもしたように、ぴんと背筋が伸びる。
「う、上手い……」
最初はそれ以外に、適切な言葉が思いつかなかった。
でも少したって違うと思った。確かに上手いんだけど。それよりは。
聴きたい。とにかく聴きたい。そう思わせてくる。
透き通ってるのに、ぐっと力強い感じもする。
イメージがぱしっと音を立てて、頭の中に落っこちてきたような気がした。
ステージの上で、この曲に合わせて踊っている自分たち。
そんな光景が頭に浮かぶ。
しっかり一曲分、夢想するように映像を重ねながら聞きほれてしまった。
そして曲が終わった瞬間、走り出していた。
ステージの、真ん中に向かって。

「ねえ！　今の曲！　『Bling Bling』だよね？」

『詩』は目をぱちくりさせている。

こうしてみると、星と大して年の違わない女の子だ。

飾り気のないショートカットに、黒目がちな目。

「すごいね、今の曲ホントすごい！」

澄んだその目を覗《のぞ》き込むようにして、すごいすごい、そう繰り返していた。

ぶちっ
突然に耳障りな音がする。星の足が引っかかって、ギターのシールドが抜けた。気分が高揚《こうよう》しすぎて、知らないうちに身体《からだ》がぐいぐいと前に出ていたらしい。

「ごめんなさい！」

上がっていたテンションが一気に下がって、頭の中が「しまった」という気持ちでいっぱいになる。慌てて繋《つな》ぎなおそうとするが、今度は自分が転びそうになった。

「……あの……ごめんなさい、ほんとに」

ゲームのセーブポイントみたいに数十秒前から全《すべ》てをやり直したい……という気分で、星はひたすら謝った。かーっと顔に熱が集まる。突然ずかずかステージに上がって話しかけるなんて、どうかしている。パフォーマンスを台無しにしたと思われても仕方ない。

周囲の観客のざわめきが、細かな針のようにちくちく皮膚《ひふ》をさす。

頭の中が「やっちゃった」と「どうしよう」でいっぱいになり、気づけば星はその場から逃げ出していた。

恥ずかしさに衝《つ》き動かされるように電車に駆け込み、二駅分ほど揺られると、少し頭が冷えた。

（謝りに行った方がいい、よね……？）

このまま帰ってしまうつもりだったけど、よくよく考えればそれも失礼な話だった。突然現れて、言いたいことを言って、コードを引っこ抜いて去る。何もかも最悪だ。反省点しかない。もう一度きちんと謝るべきだし、できればやっぱり、あの曲について知りたい。

「うん、決めた」

呟《つぶや》いて、電車を降りた。さっきの駅に引き返すため、逆方向の電車に乗りなおす。

だけど、円形広場にはもう『詩』の姿はなかった。

人が行きかう、いつもの広場があるだけ。ステージは終わってしまったらしい。

「あーあ……」

日の落ちた広場に星は立ち尽くした。

ホームでふたたび、電車を待っていた。

星の家は学校の最寄り駅から四駅ほどだ。秀瑛は生徒数が多いから、ホームはいつも、特徴的な青色の制服姿でいっぱいになる。

「あ……」

すこし離れたところに、生徒会長の薫子先輩の姿があった。

塾に行った帰りらしく、ぴしりと背筋を正し、数人の三年生と何か談笑している。

中には後輩の姿もあった。みんなとびきり成績優秀な子。

上品で賢くて、穏やかな一群、会長はその中央にいつもいる。柔らかに微笑《ほほえ》んでいるし、鈴のなるような声で優しく喋《しゃべ》る。

(本当に、どうして私にだけ、キツく接してくるんだろう)

自分は会長に、何か失礼な事でもしたんだろうか。

去年の創部の時？　いや、あの時はまったく普通だった。

この半年ほど、星が一人でいるときだけ、妙にダメ出しや苦言が多い。

「あっ、宮瀬さんも今帰り？」

ちらちらと視線を送っていたら、うっかり目が合ってしまった。

会長は少し小首を傾《かし》げて優しく微笑む。

「は、はい。さようなら」

星はアタフタと、隣の車両に乗り込んだ。

変な子に会った。

どこがどう変って言うと……強《し》いて言うなら、全部。

「えー、そうかなぁ？　駆けよってきて『今の曲ホントすごい！』なんて、詩ちゃんの大ファンだよ、きっと」

詩はいつも、駅前で歌った後、少しだけ貸しスタジオでギターの練習をする。

駅の裏手、ごく普通のオシャレな集合住宅のようにも見える白くて四角い建物。シックな外観なのに、その名を「ニンジャ・スタジオ」という。

紹介者がいないと利用できないスタジオなので、看板も出していない。

一階のロビーは談話や打ち合わせができるカフェになっていて、二階と地下に大中小合わせて五つの防音スタジオがある。

「……でも、びっくりした」

「好きなキモチがあふれ出ちゃったんじゃないの？　いい出会いじゃん」

カウンターから身を乗り出してそんなことを言うのは、スタジオのオーナーの息子である水上《みずかみ》シノブ。

一言で表すなら「気ままなお坊ちゃん」だ。

不動産管理会社の社長を父に持つ音楽好きで、このスタジオは彼が任されている音楽関係の施設の中でも上位の「お気に入り」らしい。「ニンジャ・スタジオ」というのは彼が子供の頃に命名したそうだ。「いい名前だろ」とよく同意を求められるが、詩は正直あまりピンとこない。

「人生はユルく楽しく」というのが口癖《くちぐせ》の彼は、気に入ったバンドだけ集めてライブを企画したり、ふらっと旅に出たり、まさに「楽しい」に重きを置いた人生を送っている。

とはいえいい加減な人物ではなく、歌のレッスンを始めたばかりのころから何かと世話になっていた。

「出会い……」

仔犬みたいに思いっきり駆け寄ってきて、キャンキャンじゃれるような声のかけ方。

広場で歌っていて、ファンができたり、大人に声をかけられたりしたことはある。

だけどあんなのは初めてだった。

「仲良くなってみたら？　なんか楽しそう」

「仲良く……」

シノブは基本的には他人をあまり疑わない。楽しいことを企画したり、誰かと誰かを引き合わせたり、そういう事にもためらいがないタイプだ。

「詩ちゃんはいつも孤高って感じだし歌ってるときオーラあるし。たまに近寄りがたい時もあるから。声かけてくるとか、ほんとによっぽど曲が気に入ったんだと思うよ」

「別に孤高とかじゃない」

「分かってる分かってる。意外とフツーだよね。でもうちの利用者も、栗原さんは上手すぎて声かけられないとかって言うからさ」

「うーん」

本当に、孤高ぶったりしているつもりはない。天才型のように誤解をされるが、子供のころからコツコツと練習だってしてきた。

「まあなんか進展したら教えて。面白そうな子だったら連れておいでよ。あ、時間だよ」

うん、とうなずき、ギターケースを抱え直す。前の利用者と入れ替わる形で、地下へと続く階段を降りた。

スタジオの防音扉を閉めると、そこは詩が歌うための空間になる。

鏡張りの小さな個室でも、人の行きかう広場でも、自分の部屋でも。

歌い始めてしまえば、あとはただ、一心にメロディを紡《つむ》ぐだけだ。

ぽろぽろとギターを鳴らすと、心がすうっと平らにならされていく気がする。

Side 星《あかり》

家に帰って、夕食を食べるまでの一時間ほど。

庭先で踊るのを毎日のルーティンにしている。

家の裏手に、道路から隠れた小さな空間がある。

子供の頃は自転車やおもちゃでごちゃごちゃしていたけど、中学の授業でダンスが始まってからはちゃんと片づけて、練習場所にした。

近くにある街灯がつくと、カーテンの引かれた窓ガラスに自分の姿が映るので、動きをチェックしたりするのに便利だった。

(何かこう……私にも紗枝やカンナみたいな得意な部分があればいいのにな)

今のところ褒められるのは、ごくごくシンプルな動きばかりだった。

ただパッと飛ぶとか、ぐっと踏み込むとか。

そういう時は伸びやかで瞬発力があっていいと言われている。

昔から、球技は苦手だけど、跳び箱とか幅跳びなどの跳躍系だけは何故か得意だった。

だけどどうにも、表現力やテクニックが身につかないのが最近の悩みである。

部の発足から一年たって、部員たちの間にも実力差というやつが見えてきた。

基礎の動き一つとっても、あ、できてきたな、と思う部員が多い。

首だけをニュッと自然に動かせたり。

その場にとどまって走るように足さばきをする、ランニングマンが様になったり。

難し目のステップでも、上半身の動きと無理なく連動ができたり、逆にバラバラに動かせたり。

『ダンサーらしく』なってきた子とそうでない子に少しずつ、分かれてきている。

そして自分はどう考えても「そうでない方」に属している。

これは良くないと考え、家での自主練習の時間も多く取るようにしていた。

「星」

隣の家の窓から、声をかけられた。

見上げれば二階の窓が開いていて、同い年の幼馴染《おさななじみ》である陸斗《りくと》が顔を出している。

風呂上がりなのか、首からタオルをぶらさげていた。

十五年前にお隣が越してきてから、幼稚園に小中高、彼とはずっと同じところに通っている。

お互いに三人兄弟の末っ子同士なので、両親や兄姉たちが忙しい時などは小さい子同士で遊んでなさい、とセットで扱われることが多かった。

身長も肩幅もずいぶん大きくなったけど、変わってないところも沢山《たくさん》ある。

家ではやたらとオーバーサイズのシャツばかり着るとか。

コワモテのくせに炭酸が飲めないとか。

「あれ。陸斗。いつの間に帰ってたの」

「ちょっと前だよ。お前がダンスに夢中で気づいてなかっただけ。なんか一段と鬼気迫ってる」

「きき……ってひどくない？　言い方が怖い」

「いやごめん。真面目《まじめ》にやってるなって意味だよ。真面目に鬼気迫ってる」

「なんかバカにしてない？」

「してないって」

そう言い返しはするもの、長い付き合いなのでよく知っている。

彼は絶対に他人を馬鹿にしない。

言うことは我慢せず言うタイプだが、だいたいはきっちりと一本、スジが通っている。

子供のころからサッカーの練習に付き合ったり、少し成長してからは「シャー芯貸して」「じゃ代わりにマンガ貸して」とか言い合ったり。

ネットがつながるのにわざわざ窓から顔だけ出してゲームで対戦したり。

今は身体が大きくなったから、さすがに狭い庭で、サッカーの練習はできなくなったけど。

まあぼちぼちと、とくには遠慮《えんりょ》も気づかいも必要としない付き合いが続いている。

「あっ、そうだ。ねえ聞いて！　すごい子に会ったの！　『Bling Bling』作った子」

「ああ、前に見せられた曲か」

陸斗には『Bling Bling』の動画をスマホで見せたことがある。

彼はサッカー一筋なので、音楽とか映画とか、そういうものの良さに疎《うと》い。

だからたまに、ちょっとした歌とかゲームとか、星が勧めてあげることも多かった。

流行《はや》りのドラマを見ても「展開が早すぎてよーわからん」というので、いちいち解説させられたりする。

「そう！　しかも、たまたまダンスの曲探してる時に偶然！　目の前に現れて！　歌ってて！」

「待て。流れが分からん」

生真面目な顔で手のひらを向けて、はしゃぐ星を陸斗が制止した。

「駅前の円形になってる広場で歌ってたんだ。お客さんも集まってた」

「ああ、ストリートミュージシャンだったんだ」

「うん」

「あそこの広場のストリートミュージシャンって、すごいな。上手いわけだな」

「そうなんだ？」

「おー。申請して許可を取らないと歌えない場所だから。コンテストで優勝してたり、実績がないと申請通らないんだってださ」

「なるほど……」

ただのアマチュアの歌い手じゃなく、戦ってる子なんだな、と思った。だからあんなふうに歌えるんだ。堂々と、何も恐れてなんかないみたいに。

「知り合いになれたのか？」

「ううん。今の曲すごいね！　ってステージの上に行って迫ったんだけど……いろいろあって話はできなかった」

「前置きなしにいきなり話しかけたのか？　結構な無礼もんだな、それ」

「……だよね。うん。反省してる」

陸斗は一見とっつきにくいけど、すごく、常識人だ。

髪をちょっと悪ぶった感じにかりあげてるけど、それはサッカーするとき楽だからだし。目が切れ長なのも生まれつきだし。

怖い印象とは裏腹に、とてもしっかりとマトモな発言をするので、サッカー部の一年生によく慕《した》われている。

「星って、普段大人しいのにたまに訳の分からないとこで思い切るよな……」

「……」

しみじみと言われてしまった。まったくもってその通りだ。

いつもそこまで積極的に喋《しゃべ》ったりできる方じゃないし、部内の仕切りは紗枝にお願いすることも多いのに。

たまにおかしな瞬発力が出て空回《からまわ》りをしてしまう。

一年前にダンス部を作った時も、勢いだけで出発した。

部は普通に活動できるようになったし、それはいいことだったけれど。

今回に限っては、大失敗だ。

がっくりと肩が落ちる。いくら同世代の女子どうしとはいえ、突然なれなれしく話しかけられていい気がするわけがない。

ましてすでに、人気のスポットで歌えるほど音楽活動を行っているなら、おかしなファンだと思われてもまったく不自然ではないのだ。

だけど。

「私ね、ずっと見てたんだ」

「見てた?」

「そう。誰もいなくなった広場。なんだかまだ、その子がそこにいるような感じがして。いつまでも去れなかった。ああ、あの歌で踊れたらいいのになって思って」

詩がいないと分かってからも、しばらくの間縫《ぬ》い留められたように、星は広場の真ん中にいた。

「ああ、分かるよ。俺もすごい試合を見ると、選手が退場した後もしばらくピッチ眺めてる」

わしわしと荒っぽくタオルで髪を拭きながら陸斗がうなずく。

「だよね？　そういうことってあるよね」

そこにいなくても存在を感じるような、不思議な力があった。

「もう一回話しかけたら、ダメかなぁ……」

曲を使わせてほしいし、歌だってまた聞きたい。

いいんじゃねーの、とぶっきらぼうに陸斗が言った。

「いいと思う。怖がらせないなら」

「うん。頑張ってみる」

「ちゃんと会話のイメトレしてけよ。頭にイメージが組みあがってんのって大事だから」

「そうだね。いろいろシミュレーションしてからいく」

「まあ星の場合、イメトレもあんまり役に立たなそうだけど」

「うるさいな！　私練習続けるからもう窓閉めて！」

「はいはい。無理すんなよ」

陸斗はぼそっと言うと、小さく笑って窓を閉めた。

その夜はベッドに入って、ずっと『ハナ』こと『詩』の歌う姿を見ていた。

『栗原詩』の名前で検索すると、いともあっさり、十ほどの動画が出てきた。

『S駅のストリートミュージシャン。すごすぎて撮った。アップ許可済み』とアップロード主のコメントがついていた。

本人は特には情報を発信していないけれど、こういう感じでネットに上げるのはOKなのだろう。

なぜ『Bling Bling』だけは『ハナ』という名前でアップしたのか分からないが、とにかく曲と歌い手については、少しだけ情報が増えた。

あなたの歌が好きで、ずっと見ていました、そう言ったら話を聞いてもらえるだろうか。

ううん、また変な子って思われるかも……

そんなことを考えながら、目を閉じて、身体《からだ》の感覚全部預けるようにして、あれこれと聴いていた。

オリジナル曲が何曲かあるようで、そのどれも、空気を震わせてパワフルに歌い上げられている。

毎回ほとんどMCもしないで数曲を歌うというスタイルらしく、どういう子なのかはよく分からない。

歌っているときはすごく楽しそうで、お客さんたちの目をしっかり見ていたのに、曲が終わるとペコリとお辞儀《じぎ》をして、そそくさと楽器をしまって去っていく。それも毎度の事らしい。

不思議な子だな、と思った。でもぜんぜんいやな「不思議」じゃない。

むしろ気になって気になって仕方がなかった。


初めての大会は、どうしてもあの曲で踊りたい。

そう思って、星は翌日もう一度、あの広場に行った。

『詩』は今日も歌っていた。

お客さんが数人いて、それは現在進行形で一人、また一人と増えている。

遠くにいる人が足をとめ、少し聴き入ってから、迷った末に歩み寄って、観客として人の輪に入る。

そうやって、ただのバラバラだった通行人が『輪』になっていくところを、少し離れたところで見ていた。

今日は『Bling Bling』は歌わないみたいだった。

アコースティックギターを抱えて、有名な洋楽や、実力派バンドのアルバムに入ってるようなマイナーな歌、それにちょっと古いけど誰もが知っているような歌謡曲まで幅広く歌い上げていく。

(すごいな……なんでも歌えちゃうんだ……)

『詩』はやっぱり、あまりにこにことは笑わない。

ＭＣもほとんどしないし、お客さんを自分から引き寄せようとすることも、そんなにない。

だけどどんな歌を歌っているときも生き生きして見えたし、何より歌の全部を、自分のものにしていると思った。

「……ありがとうございました」

何曲か歌い終えた詩はぺこりと頭を下げた。

(よし、今日はびっくりさせない、怖がらせない)

星はすっと、息を吸い、一歩踏み出した。

「あひゃ、あのっ」

しかし無情にも、声が思いっきり、ひっくり返った。

やっちゃった、と思う。怪しいしカッコ悪いし、ああもう……と首筋が熱くなる。

「こ、こんにちは！」

だけどここで引くわけにはいかないので続ける。

詩は、すぐ気づいた。星が昨日の突撃相手であるということに。

「あ、昨日の……」

特に驚いたり怯《おび》えた様子はない。どうもあまり表情豊かな方ではないようだ。しかし眉間《みけん》のあたりに隠し切れない警戒心が滲《にじ》んでいる。

「うん、えっと、あの、昨日はごめんね。いきなり話しかけて。驚いたよね」

「すごく驚いた。今も驚いてる」

淡々と言われた。あまり感情が見えない。だけど拒絶はされてない。もう言っちゃえ、と思って、自分も単刀直入に言った。

「ごめん昨日言いたかったことはね……えっと、私、『Bling Bling』って曲、すごく好き」

『好き』のところでやっぱり声がひっくり返って若干《じゃっかん》『しゅき』っぽい発音になった。

だけどもう気にしないことにした。

「ありがとう」

不思議そうな顔のまま、詩はお礼を言った。

素っ気ない感じはする。見ようによっては、言われ慣れているようでもある。

だけど歌を褒められると嬉しいという感情が、ほんのすこしふわりと緩《ゆる》んだ口元の当たりに見えた……気がした。

「私、宮瀬星。秀瑛高校のダンス部の部長なんだけど」

「うん」

こくりとうなずく。きちんと『聞いてくれる』という手ごたえがあった。

ちょっと人見知りっぽいけど、決して人嫌いではなさそうな目をしている。

「あの歌で……私たちに踊らせてくれないかな」

「どういうこと？」

「部がはじめて大会に出ることになったから、どうしてもすごい曲が欲しいんだ」

「すごい曲……？」

「うん。私、動画サイトでずっと『Bling Bling』を見てたんだ。すごく気に入っちゃって、実は『これスキ！』ってコメントもつけてて……でも名前が違ったから全然探す手掛かりがなくて」

そこまで喋《しゃべ》って気づいた。また勢い込んで喋っている。落ち着いて話そうと思ったのに、星のイメトレは役に立たない。もっとこう、スジ道立てて申し入れをしたかった。

詩は無言で目を伏せている。

星の言葉を一度、きちんと呑《の》み込もうとしてくれている。

「私と友達の紗枝の二人で作った部なの。それでね、今年は一年生にすごい上手い子も入って部員十五人になって、えっと……」

そこで詩が口を開いた。表情を変えずに一言だけ。

「時間がない」

意味が分からなくて、星はきょとんとする。

「合わせてみない？　広場の使用時間が、あと五分くらいならあるから」

「合わせる？」

「そう。即興ダンスと歌」

突然の申し出に、当然のことながら戸惑った。

だけどすぐに、思い直す。

あと五分、という、刻限を切ったような響き。

たった五分、今しかないのかもしれない。

きっとここを逃しちゃだめなんだ。

即興で踊った経験なんて、もちろんない。というかそもそも、生の歌声に合わせて踊った事自体がない。

ましてここは人通りの多い駅前広場、友達や顔見知りの多い学校のイベントとは違う。

でもやろう。そう決めた。

こんな時こそ、自分に備わった妙な思い切りの力を発揮するべきだ。

詩が軽く目で合図をし、たん、たん、たんと詩がギターを叩いてリズムをとる。

「あれ？　不思議」

自分でも驚くくらいに、その三つの音がすっと、身体《からだ》に入った。

すんなりと、音にあわせて一歩、身体が動いた。

昨日何度も何度も聞いたから、メロディは完全に頭に入っている。

ずっと踊ってみたいと思っていた曲だからか、身体の方が勝手に表現を選んでいく。

（すごい……踊れちゃってる！）

振付は好き勝手で、足元の動きはめちゃくちゃだ。

知ってる振付の部分と部分をただ繋《つな》げただけ。なのに流れに乗っているようで気持ちいい。

自分のダンスと詩の歌。ちゃんとあってる気がする。

（良し悪《あ》しは分からないけど……でも踊れちゃってる、よね？）

無我夢中のまま、あっという間に一分ほどが、過ぎ去っていた。

「……あ」

周囲でぱちぱちと拍手が起こる。口笛まで聞こえたから少し照れ臭《くさ》かった。

よく見れば、歌が終わって一度は去ったギャラリーがまた数人、戻ってきていた。

「届いたんだよ」

「?」

詩はどうも、物事を短い言葉で伝えるくせがあるようだった。

ギターを下ろしながらの、無駄を省《はぶ》いた、たった一言。

「届いた。星のダンスが、見てる人に」

「……届いた……」

わずか四文字が、ぽたんと胸の中に落ちて、じわっと広がる。

「何分?」

「え」

「ダンス大会の曲。長さは何分あればいいの」

「規定だと二分半から三分なんだけど……」

「なら、ある。ちょうどそのくらいの長さでまとめたやつ。多分アレンジもダンス向け」

「それって」

曲を使わせてくれるの? 胸にぽっと花でも咲いたような気分で、問いかけようとした。

しかし詩から発せられたのは、予想外の一言だった。

「私も……一緒に踊ってみたい」

「え? ダンスできるの?」

「うん。子供の頃習ってたから……新しいことするの、好きだし。秀瑛高校のダンス部って言ったよね？　私、栗原詩。同じ学校だから」

さらりと言われて、意味がよく分からず、一瞬固まってしまった。

「ええーっ⁉　同じ学校？」

夕暮れの広場に、星の甲高《かんだか》い声が響き渡った。

家に帰ってさっそく、部員たちにLINEで事の成り行きを説明した。
星『ねえねえ、私見つけちゃった　あの歌うたってる子！』
里穂『え？　星先輩、どういうことですか』
星『すごいの、ストリートミュージシャンだったんだ。ほんとにたまたま見つけた』
カンナ『すご。なんか運命ぽくない？』
星『だよね！　ちゃんとダンスに向いたバージョンも作ってくれるんだって。話しかけたら秀瑛の子だったの。曲使っていいし一緒にダンスやりたいって言ってる！』
紗枝『すごい。トントン拍子じゃん。それって奇跡だよ。星』
奇跡。口に出すとちょっと恥ずかしいけど、でも確かにその通りだと思った。

Side 詩《うた》

いつもはベッドに入るとするっと寝付くはずなのに、今日は眠れなかった。

部活に入ることになってしまった。

いや「なってしまった」わけではなく、自分の意志で、入ると言った。

そんな自分にちょっと、びっくりした。

歌ったり踊ったりは基本的に大好きだけど、学校でまではやらなくていいかなと思ってたのに。

星の妙なエネルギーに、するっと引っ張られてしまった。

詩はどんな時でも、あまり緊張はしない方。

だけど、すでに活動が始まっている部活に一人だけで入るのはちょっとドキドキする。

受け入れてもらえるかな？

シノブさんに言われたみたいに、話しかけづらいとか、「孤高」とか思われないかな。

そんな不安も、ないわけじゃない。

でもなんとなく……星がいるなら、平気かな？　という気もする。

出会ったばかりの相手に、こんなふうに心を開いている自分がとても不思議だった。

side 星《あかり》

「同じ学校って本当かなぁ」

あの「即興ダンス」のあと、詩とはLINEを交換して別れた。

実は同じ高校だと聞いた時はかなり驚いてしまった。

だってあんな子、同学年にいたら絶対気づかないはずがないのに。

いくらうちの高校がマンモス校だっていっても……

などと考えながら翌朝、待ち合わせ場所の表門で待っていると。

「星」

詩が目の前に現れた。

いきなりにゅっと視界に現れたので、かなりびっくりした。

「わっ！」

確かに自分と同じ、秀瑛高校の制服を着ている。

そういえば見たことのあるような気もする女生徒だった。

さんさんと降り注ぐ朝の陽に照らされているせいか、夕方の路上で歌っていたときとは雰囲気《ふんいき》が違う。

あの広場にいるときの爆発力や存在感を、きちんと身体の内側にしまえている、というような気がした。

「おはよう」

「お、おはよ。ホントにうちの高校だったんだ。気づかなくてごめんね」

「ううん……私、あんまり行事とか出てないしたぶん星と校舎も別だし……」

「あ、西校舎なんだ。特別コースなんだね」

学校の西校舎には、スポーツ推薦《すいせん》や医学部志望者など、一芸に秀でた生徒や特に優秀な生徒が集まった『特別コース』の教室がある。

授業にサポートがいるとか、逆に普通より何倍も早く進めたいとか、この学校はそういう特別な事情のある生徒へのサポートが手厚い。

「去年から本格的に活動はじめたから、事務所にすすめられて高校ここにした。校則ゆるいから、路上で歌っても怒られないし」

「事務所ってつまり芸能事務所？　すごい。本当に歌手の卵なんだ……」

「『Bling Bling』は、事務所に内緒でこっそり作った歌で……だからネットにアップするときの名前を『ハナ』にした。あの曲は自由に使っていいから」

そういう事情があったのか。と星は納得した。

「ってことは、部活は今やってないんだ？　かけもちとかじゃなくてダンス部だけ入ってくれるってこと？」

「うん。だから緊張する。部活って初めてだから」

「中学ではどこにも所属しなかったの？」

「軽音部がなかったから、ずっと帰宅部。一人で作曲して、歌って、楽器練習してた」

ひとり、という聞きようによっては寂しく思えなくもない単語。

それが、詩の口から出ると、とても凜《りん》として正しいことのように聞こえる。

本当にずっと音楽と一緒に生きてきた子なんだなぁ、と思う。

自分とは生き方が違う子、というのを、十六歳にしてはじめて間近に見たような気がした。

「緊張なんかしなくて大丈夫だよ、副部長の紗枝は優しいし……カンナと萌香は知ってる？　C組の仲良しコンビ。一年では里穂って子が一番上手《うま》いんだ。昨日、部員が十五人って言ったじゃん？　まだ三年生もいないし人数少ないけど、みんな仲いいし！　絶対たのしいよ」

ついつい勢い込んで説明をしながら歩いた。

「昨日の夜にね、みんなにLINEで事情話したの。『Bling Bling』いい曲だって言ってた」

「……そっか」

詩は相変わらず言葉すくなだが、嬉しそうだった。

「絶対来てね！　東校舎の化学準備室ね！」

中庭の分かれ道で、手を振って別れる。

西校舎に消えていく詩を手を振って見送り、自分も東校舎に向かって歩く。

建物の陰で誰も見てないと思って、ぴょんと空に向かって飛んでみる。

ちょっと気分が上がった。


そしてその日の放課後。

詩は約束通りに、ミーティング場所の化学準備室に来てくれた。

「……というわけで、この子が詩です」

星が紹介すると、ぱちぱち、と拍手が湧いた。

「…………よろしく」

詩は頭をぺこりと下げた。

「なん組？」

「二年F組」

「あ、特別コースなんだぁ。すごい」

カンナと萌香がさっそく絡みにいった。

「あたし、あの歌スゲーいいと思った！」

とずつほぐれていく。


「わ、私も……」

甘辛《あまから》ミックスのコンビは、二人でいるとすごく積極的になる。

二人のそんな様子に、見慣れない先輩に戸惑っていた一年生たちの間の空気も、ちょっとずつほぐれていく。

「詩先輩って呼んでいいですか……？」

「うん。良かったら名前教えて」

詩も少しぎくしゃくしつつ、どうにか会話をつないでいた。

「こんな中途半端な時期に新入部員が入るなんて……」

里穂は少し不満そうだった。彼女は決して意地が悪いというわけではないけど、あんまり予想外の事態に強いタイプではない。

「じゃあ栗原。顧問《こもん》の先生に正式な入部届けだしといてな」

「はい」

そんな様子を眺めていたコーチに言われ、詩はこくりとうなずいた。

雅史はあくまで外部のコーチであり、ダンス部の顧問は別にいる。

六十近い化学の教師でダンスにはまったく興味がなく、特には口も手も出してこない。

名前だけ貸してもらっているような状態だ。

みんなからはそのものずばり「おじいちゃん」と呼ばれていた。

「じゃあ……大会の曲は『Bling Bling』でいいのか」

「はい！」

みんなの声が揃《そろ》った。星は詩と良かった、と顔を見合わせる。

「よし、じゃあ詩、後で音源送ってくれ。振りをつけてくる。で……次に、これだ」

コーチはホワイトボードに大きく「合宿」と書いた。

合宿。

その否《いや》が応《おう》でも気分が高まる二文字。

書き終わらないうちから星の胸が高鳴る。

五月の連休で、学校の運動部が使う宿泊施設を一部借りられることになっていた。

「大会出場も決まったところで、春合宿を敢行《かんこう》できることになった。俺はどうしても外せない仕事があって不参加なんだけど、練習メニューを作って渡すからちゃんとこなしてほしい。かなり慌ただしい日程になるけど、振りを一通り覚えたあたりで出発できたら理想的だな。五月三日から五日までなんだけど、栗原も参加でいいんだよな」

「大丈夫だと思います」

「じゃああとで、宮瀬から参加申し込み書を貰って記入するように。ダンス経験者なんだっけ？　後で軽く、踊るとこ見せてな」

「はい」

「すっげー。曲も振りも全《すべ》てウチらオリジナルじゃん。なんか本当に優勝とかできたりして」

「さ……さすがに無理だよぉ。暁《あき》津《つ》高校だっているし」

暁津高校は同じ市内にある公立高校で、高校生ダンス全国大会の表彰台の常連だ。

星も元々は第一志望にしていた高校で、一人ずつ映像にとってコピーしたくらいに精度の高いシンクロダンスが全国区でも有名だった。

地区大会とはいえ、ほかにも強豪校はたくさん出場する。

優勝するというのは、ちょっと夢みたいな話でもあった。

でも……もしかしたら。

順位って意味での結果も、ついてくるかもしれない。

そう思ってしまうくらいには、今日のダンス部の空気は明るかった。

Side 詩《うた》

詩が所属する特別コースは、少人数制だ。

Ｆ組には四十人の生徒がいるが、全員が同じ教室で授業を受けることはほぼない。ホームルームだけ一緒で、あとはそれぞれの小教室で習熟度に合わせた授業を受ける。

「栗原さん」

移動しようとしていると、廊下《ろうか》で生徒会長の薫子先輩に声をかけられた。

詩と会長の間に、コースが同じという以外にほとんど接点はない。学年だって違う。

入学したときにはいろいろと親切にしてくれたので、優しい人だというのは知っている。

『うちの学校はね……』とあれこれ校内のことを説明してくれて、この学校のことがとにかく好きなんだなぁと思った記憶がある。

「ダンス部に入ったって本当？」

いきなりそう問いかけられたので、ちょっと驚きつつもこくりとうなずいた。

「どうして？　お仕事だって忙しいのよね？」

「部長と話してて、入りたくなりました」

「部長……宮瀬さんと？」

会長の眉《まゆ》の先がほんのすこし動いた。

「部の雰囲気《ふんいき》もすごく楽しそうだと思って」

「楽しそう？　芸能人でいろんな現場知ってるのに、学校の部なんか見ても楽しそうって思うの？」

「……はい。事務所は普通の学生らしいこともしろって勧めてくれてるし」

ふーん、そうなんだ。と会長は一瞬、目を細めて視線をそらした。

頑張ってねと言いながら、口もとを緩《ゆる》めてほほえむ。

しかし、その笑顔がどことなく、作り物っぽく見えた。

（なんか……イライラしてる？）

特におかしなことを言ったわけじゃないのに、どうしてこの人はこんな顔をするのだろう。

詩にはよく分からなかった。

確かに、一瞬だけとはいえ優勝とかできるかも、とは思ったし、みんな盛り上がった。

大いにやる気が出たし、そのやる気はコーチにも伝わったはずだ。

いや、伝わりすぎたのかもしれない。

「今から曲の動画送るからちゃんと見てねー。フォーメーションの動きは紙にも書いてあるからチェックして」

ほんの数日ほどで『Bling Bling』の振付がおおよそ仕上がった。

これは振付に慣れたコーチでも「絶好調の時じゃないと出ない早さ」なのだという。

「曲聴いてたらどんどん頭に振りのイメージが浮かんでさ。これも曲の力かな。ハイ、送信、っと」

スマホに一斉送信で届いた動画を、期待に胸膨《ふく》らませて開く。

最初の感想は、『なんかワクワクする！』だった。

「楽しそうですね！　かわいいしかっこいい」

星は深く考えず、華やいだ声で言った。

手足を大きく使ったような動きもあれば、逆に女の子らしくちょっと身体を丸めたような動きもある。

腰を動かすセクシーな箇所《かしょ》もあるけど、でも媚《こ》びた感じはしない。

詩の作ったメロディによくあっていて、一目で気にいった。

「ごめん、もう一回見せて」

「私も見たいです」

しかし、どうにも顔の曇った部員が二人いる。紗枝と里穂だった。

二人はすでに、手だけでなんとなく振りを真似《まね》したりしている。

「あー、星、これたぶん、難しいよ……」

「そうですよ。パッと見ほど簡単じゃないです。運動量も多いし」

それはダンスコンクール経験者の二人にしか分からない部分だった。

確かに去年は、体育館のステージでしか踊っていない。

みんな初心者だから、舞台を広く使うような動きは入れてこなかった。

右から左に大きく移動したり、縦一列から大きく広がったり。高さの差を使ったり。

そういうバリエーションのある構成は未知の領域だった。

「そ、そうかな……」

急に不安になり、きちんと注意しながらもう一度、目を通してみる。

「あっ……確かに……」

細かい動きも一緒に眺めると、ようやく二人の言っていた意味がかちりと頭でハマった。

「本当だ。覚えることがたくさんありそう……」

フォーメーションは複雑だし、V字やW字など、左右対称のスタンスが少しでもずれたら、一気に見栄えが悪くなりそうな部分も多い。

しっかりシンクロさせないといけない振りや、指先から背中までを綺麗《きれい》に連動しないとサマにならない振りもいくつかある。

「今回はちょっと難しくしてみました」

コーチはにこにこと悪びれず、楽しそうに目を細めて笑っている。

「でもコーチ、これ今まで練習したことないステップも結構入ってます」

「うん。できると思ったから、入れてみた」

里穂に問われ、さらににっこりと笑みを深めた。

「う、うちのコーチってこんなに厳しかったっけぇ……？」

「Sじゃん。ドS」

萌香とカンナがこそこそとそんな会話をしている。

「おいそこ。聞こえてるぞ」

「すみません！」

呆《あき》れ笑いのあと、コーチは全員の視線を集めてから、きっぱりと言った。

「サディスト呼ばわりされたついでに伝えておこうかな。この学校のダンス部には、まだ得意と言えることや個性がこれといってありません」

うっ、と誰かが呟《つぶや》いた。

それはもちろん、痛いほどわかっている。

群舞《ぐんぶ》でばっちり息が合うとか、はっとするようなロボットダンスができる子がいるとか。そういう長所は、いまのところ、ない。

「ダンス部も設立から一年たって、今年はちゃんと自分たちの力でたくさん一年の部員を集めた。今年だけでなく来年も活動したいなら、何か学校としてのカラーを作りたいし、一人一人、これなら絶対に負けない、という部分を見つけてほしい。ということで。今回はいろんな要素を盛り込んだダンスでいこうと思います」

有無を言わせない響きだった。

「とりあえず今日は基礎錬のあと、移動無しでおおよその振付をさらおう。これまで分かってる実力や得意不得意を見て、仮でポジションを決めてある。今日はカウントとってゆっくり見本を見せるからしっかり見て覚えるように」

「はい」

そしていつものように、ストレッチとアイソレーション練習が始まる。

詩は思ったよりずっと軽やかで、でもしっかりした動きを見せていた。

子供の頃にダンスを習っていたという詩は、今でも時間があると歌のレッスンの合間などにスタジオで趣味程度に踊っているという。

歌ほど圧倒的な実力ではなくても、しっかりと音を取ってリズミカルに動けるタイプだ。ブレない強さ、みたいなものを感じさせるダンスを踊る。

「詩先輩って歌もダンスも上手ですごいよね」

「ね」

一年生たちの、そんな囁《ささや》きが聞こえた。

（そうなんだよ……すごいんだよ……ついでにギターも弾けるんだよ……）

星も心の中で同意した。

「左、左、ワン・ツー……、手をオッケーの形、指差し、と」

「いいよ里穂、すごい」

紗枝が里穂のダンスに感嘆《かんたん》の声を漏《も》らした。

初日の練習で、里穂はサビ部分の振付をあらかたマスターしてしまった。軽やかに見えて、ひとつひとつの動きにはすでにしっかりとキレがある。

二日目の今日、星はまだ、振付の三分の一も覚えていなかった。練習中も、動画を観ながら確認している時間の方が身体を動かす時間よりも多いくらいだ。

なんどもリピートで観たし家でも踊ってみたのに、身体《からだ》が振りに追いついていない感じがする。

(もしかして私……足を引っ張るんじゃ……)

かろうじて記憶できた部分を、何度も踊ってみた。

やっぱり動きがドタバタしている。頑張って踊ろうとしています、という必死さが、どうにも隠せない。

(れ、練習しなきゃ……倍増しで……)


「人間は歩幅も呼吸のペースも何もかも違う。一つの動きをユニゾンで合わせることは、見た目ほどには簡単じゃない」

コーチがいつだったか、そう言っていたことがある。

当たり前といえば当たり前だ。

例えば「おはよー」と手を上げる角度や速さ、面白いことを言い合って笑うときの、背筋がそったりしなったりする様子。

朝の教室で同じようなことをしていてもクラスメイト全員、少しずつ違う。

よくよく観察すれば、優しい動きの人もいれば激しい動きの人もいる。

なんてことを考えながら、ぼんやり人間観察をしてしまうようになった。

「はぁー」

朝のざわざわした教室で、星は机に突っ伏していた。

練習を進めて、ついにはっきりと、本格的に、気付いてしまったのだ。

あのダンス、今の自分じゃモノにできないかもしれない。

「星。そんなおっきなため息ばっかりつかないの」

「だってさ……やっぱりあのダンス、難しくって」

紗枝が日誌を書きながら突っ伏した星の頭をぽんぽんと撫《な》でた。

もともと性格の細やかな紗枝は、副部長兼記録係だ。

練習メニュー、課題、ちょっとした雑談で出た小さなアイディアや愚痴《ぐち》。

今日頑張った部員や、上達した部員。

本当に細かく、しかししっかりと要点を押さえた記録を付けている。

「別にこのくらいすぐにまとめられるよ」と本人は言うけれど、星は筆の早さというか情報の取捨選択の的確さというか、とにかくその要領の良さは簡単には真似《まね》できるようなものではないと思っていた。

自分だったら、だらだらと余計なことまで書くか、逆に何も思いつかないかどちらかだと思う。

「コーチっていつもニコニコしてるけどたまに無茶言うんだよね……」

「あはは。そうだね。いいじゃん。星と似てる」

「似てないよ！　ていうかコーチが無茶言うのは困るよ……今までも割と、言われてきたけど」

「そうだよね、一年前のアレとか」

紗枝が昔のことを思い出したのか、日誌をめくりながら懐かしそうにくすっと笑った。

『ダンス部員として活動する上で、一番してはいけないことはなんだと思う？』

コーチにのんびりとした口調でそんなことを尋ねられたのは、部がはじまって最初のミーティングだった。

「えっと、練習をサボること、ですか？」と星。

「逆に無理な練習をするのも良くないと思います」と紗枝。

「寝坊と喧嘩《けんか》」とカンナ。

「うーんと、似合わない衣装を着ること」と萌香。

それぞれ、仲のいい者どうしで顔を見合わせつつも、思った通りに答えていく。

まだ今の二年生しかいなくて、部員が八人の時期だった。

「君たちは本当に個性豊かで面白いね」

コーチは苦笑しながら続けた。

「答えは『言わないこと』です」

「?」

「相手の方が上手《うま》いから、歴が長いから、別に気安い友達じゃないから。そういう理由で、相手のダンスに物申すのを遠慮《えんりょ》する。悪いところを指摘しない。いいところを褒めない。そういうのが一番良くない」

なるほど、と一瞬、納得しかけた。

「ということで、今日から一か月ほど、君たちには即席コンビをつくって練習してもらいます。二人一組で練習して、言いたいことを何でも言い合う。これはダンスだけじゃなくて、きちんと『伝える』ための訓練でもあります。ペアの相手に運命を感じながら、楽しく練習してください」

次いで出てきたのがこんな言葉だったので、面食らってしまった。

「あったよねぇ……そんなことも」

「コンビ修行」では、もともとの友人同士だった星と紗枝、カンナと萌香は引き離されたような形になった。

星のペアになったのはヒップホップ好きでちょっと言動がいかついカンナだったので、正直、モノ申すのにはかなりの勇気が必要だった。

それでも、カンナの踊りはクールでかっこよくて、憧れる部分が沢山《たくさん》あったから、もっとこうしたらかっこいいと思う部分も一緒に、包み隠さず伝えるようにした。

「えー？　そっかなー？　ふんふん」と受け入れてくれたし、紗枝と萌香の方でも同じようにたくさん意見を出し合ったという。

結果として、ちゃんとスキルは上がったし、部としての風通しもよくなった。

今の一年生も、その気風を受け継いで、言いたいことがあれば二年相手にでもきちんと言ってくれる。

いい部になってきた、と手ごたえを感じていた。

だからこそ、ここでいい波に乗りたかった。

詩の歌をサイコーにかっこいい形で踊りたい。

入部したばかりの一年生に楽しんでほしい。

めちゃくちゃいいステージを作って、できれば来年の新入部員獲得にもつなげたい。

かなえたい目標はたくさんある。

そうは思うものの、コーチの要求についていける自信は全《まった》くなかった。

「そんな今にも死にそうな顔しないの。コーチのことだし、まったく勝算もなしに無茶は言わないと思うし」

「うん、そうだよね。ありがと紗枝」

部長としてあまり弱音は吐きたくない。

突っ伏していた上半身を起こし、自分にカツを入れるように、背中の筋にぐっと力を加えた。

ダンス部に雅史コーチが来てくれたきっかけは、もともと紗枝の紹介だった。

バレエ時代のスポーツトレーナーで、現在のダンス講師はあくまで副業。

もともと学業も優秀であったらしく、きちんと理学やコーチングの知識があり、大学でスポーツ科学を教えながら、個人トレーナーとしてもあちこち駆け回っている。

空いた時間でたまに中学や高校でコーチをしているが、自分が「これだ」と思ったところ以外は、どんな強豪でも断っているらしい。

ここ数年は多忙という理由もあり、学生の指導はほとんどやっていない。

本来は絶対に、未経験者多数の新設の部でコーチなんてしてもらえる人じゃなかった。

「あんまりガチガチなのは好きじゃないんだ〜」とか「高校生には楽しく踊ってほしいんだよね〜」とか、よく言っていて、秀瑛のダンス部の、個性豊かでちょっとユルい感じを気に入ってくれている様子だったのに。

しかし今回、なぜだか指導者魂に火がついてしまったようだ。

「練習はしすぎてもダメだから。適度に息抜きしてこ。ね。星」

紗枝は学業とバレエの両立を諦めて、中二の時に三歳から習っていたバレエ教室から距離を置いている。

その時に「もう練習しなくていいんだ」と、何かの重荷から解放されたようにぽつりとこぼしたのを、星はよく覚えていた。

今でこそ楽しそうな表情であれこれ協力してくれるけれど。

紗枝にだって、何もしたくない時期とかって、あったんじゃないかな、そんな風にも思う。

「紗枝、いろいろありがとね」

「どしたの急に」

「日誌つけたり、部会の司会して仕切ってくれたり……いろいろやってくれて」

「あ、それは大丈夫。私こういうのホント性《しょう》に合うし、好きだから」

さらさらとペンを滑らせる手を止めず、軽い口調で紗枝は言った。

その姿を見て、頑張らなくちゃ、と思う。

（少しでも上手くなって、紗枝のやさしさに応えるんだ……！）

Side 詩《うた》

そんなある日、西校舎の社会科準備室でのことだった。

授業がない時など、詩はここでよく、ロールになった大地図や積まれた資料の間に挟まるようにしてボーッとしている。廊下《ろうか》の突き当たりにある部屋で日がよく当たるため、なんとなくのどかな気分になれて、優しい詞が思いついたりする。

「絶対うまくいくと思うの。うん。金曜日の放課後に決めた」

とげとげしい声がしたので、思わず足を止める。

スマホに向かって抑えた声でしゃべっているのは薫子会長だった。

普通科は授業中だから、通話の相手は校外の友人だろうか。

「あんな子に絶対、負けるわけないもん。私、勉強だって生徒会だって本気でやってる。遊びみたいな部つくって、いつもオドオドして副部長や友達に助けてもらって。あんな子がライバルになんてなるわけない」

ぎょっとした。これはいわゆる誰かの悪口。しかもかなり、激し目の。

誰のことかは分からないが、その相手をとにかく憎々しく思っていることは、充分に伝わる。

普段の穏やかな先輩とは別人だ。

「見てて、絶対うまくいくから。ていうか例の子のほうも年下だしあんまり女子と接点ないみたいだし、軽くいけると思う。必ず手に入れるから。二人、家が隣どうしって知った時はイラッときたけど、大丈夫。絶対負けない」

よく分からないが、とにかく誰かを小馬鹿にしつつ、別の何かを手に入れたがっている、そういう状況らしい。

詩は思わずぽかんとする。何か見てはいけないものを見た、と思い、会長が去った後も、資料の隙間《すきま》でしばらくじっとしていた。

side 星《あかり》

不安はあれども、大会は待ってはくれないのだから立ち止まっても仕方ない。

星はそう思いながら、翌日からの練習にのぞんだ。

ダンス部は部員が少ないため、全員でステージに立つことになる。

そのせいかみんな、振付を覚えるのは早かった。

自分が欠けたらダメだという意識があるが故だろう。

星と同じように、家の鏡や窓ガラスの前で自主練してきた者も多く、数日後にはほぼ全員が、間違いだらけではあるけれど最後まで踊れるようになっていた。

「ファイブ、シックス、セブン、エイ」

周りを見渡せば里穂はもう自分の得意と不得意について気づいたのか、特に難しいと思われる部分だけを集中して練習していた。

里穂は自信家でものをきっぱりと言う性格だが、それにふさわしいだけの努力を惜しまない。

「里穂、よくなってきたな。その調子でいこう!」

コーチが力強く里穂を褒める。

「星はもっと表情とか作品のもつメッセージを意識しよう。もっともっと表現のレベルを上げていかないといけない」

「もっと……練習します」

優しいその言葉がかえってぐっさり突き刺さった。

「よし、一回合わせてみるか。ぶつからないように、スタンスは広く取ること。移動はしなくていいからその場でステップだけ踏んで。全体のバランスを見たうえで、ポジショニングを考えたいから」

ポジショニング。だれがどこで踊るのかが、これで本当に決まる。

音楽がかかると同時に、コーチの目が鋭くなった。

「経験者だけあって詩は良く踊れてるな……一年はここでフォローに回ってもらった方が……二つの輪に分けてそれぞれセンターを立てるか……」

星たちの演技を見ながら、手元の手帳に何か書いていた。

結局、大まかに決まっていたポジションはそのままに、詩をフィーチャーした部分も増やして、振付は完成した。


一時間ほどの練習の後、休憩をはさんだ。

詩とカンナと萌香が、図書館の前の水道で楽しそうに水をかけあっている。

星にはとてもそんな体力が残ってない。

「はぁぁぁ……」

芝生《しばふ》の上で、ぐったりと横になっていた。

全体練習は、ついていくだけで精一杯だった。いや正直ついていけていたのかも怪しい。

あーやば、落ちる、と思った。

気分が下へ下へといってしまうとき特有の、胸の奥がどよんと重たい感じ。

ぬっ。

するといきなり、視界が暗くなった。

詩が星の顔を覗《のぞ》き込んできた。

星と同じ量を踊って、友達とはしゃいだのに、ほとんど息も切らしていない。

やっぱり歌い手だから基礎体力があるんだろうか。

「もう、びっくりした！　なんでいつも詩はぬっとあらわれるの」

「それはお互い様。星だってあの日突然現れたんだから」

星と詩が出会った日のことを言っているのだと思った。

突然現れて言いたいことだけぶちまけた、あの時のことを持ち出されると返す言葉もない。

「はい」

と手渡されたのはペットボトルに入った水だった。

「ありがと」

受け取って一口で飲み干すと、はぁーとまたため息をついてしまう。

「星、割と気分オチてる」

「そうかな」

そんなにあからさまに落ち込んでいるだろうか。

「うん。しっかり水分とって休憩して」

「そうする。でもすぐには浮上するの無理かも」

詩があんなに上手《うま》いし。

……というより、みんな私より上手いし。

練習あるのみとは分かっていても、なかなか前向きになり切れない。

「詩ってさ。いつも何考えて踊ってる？」

ふっと気になり尋ねてみた。けっこう落ち込んだこの状態から、どうにか気持ちを切り替える方法が知りたい。

「……なんだろう、楽しい？　かな。自由、とかそういう感じもする」

「歌うときは？」

「歌ってる時は何も考えてないな……んー、ちがう、嬉しい感じがする。ホントに声出してるだけで幸せっていうか。世界が輝いて見えてくるっていうか」

「嬉しい？　あんなにクールなのに意外」

「うん。嬉しい。何回歌っても新鮮に。あと、ああいうことしてる時も嬉しいって思う」

「ああいうの？」

詩は飽きずに水かけっこをしている部員たちを指さした。

さっきまで自身も加わっていた、他愛《たわい》のない遊びの輪だ。

「友達と鬼ごっこしたり、ゲームで対戦したり。そういうの、子供の頃はしてたんだけど、最近はあんまりしてないから」

「そっか。楽しかった？」

「うん」

詩はこくりとうなずいた。鬼ごっこがめずらしいなんて変な子だ。でも、なんとなく「らしい」気もした。人前であんなにパワフルに歌うのに、かわいいところもあるんだなと思う。

「曲を作ったりストリートで歌う時は一人だったし。チームでやるようなスポーツも今まで、したことないし、ここ数年はレッスンも入れてて忙しかったし……でも今は、星やみんなと一緒に踊れて嬉しいよ」

真っすぐなまなざしでなんの迷いもなくそんなことを言われて、星の方が照れてしまった。
知り合ってしばらくがたち、詩は自分のことをたくさん喋《しゃべ》ってくれるようになった。
言葉数は相変わらず必要最低限なことが多いけど。
だけど詩の言うことは不思議と、すっと耳にも胸にも入ってくる。
星と踊れて楽しいよ。その一言で、もう少し頑張る気力がわいてきた。

Side 詩《うた》

西校舎を歩いていると、知らない男子生徒と目が合った。

相手の方が「あ」と足を止めるので、つられて立ち止まってしまう。

「星の友達」

いきなりそう呼ばれて、きょとんとする。確かに自分は星の友達だが。

「……？」

「あ、ごめん。俺、星と家が隣なんだ」

「あ、サッカー部の、えーと、陸斗君」

本人から聞いたことがあった。隣の家に同じ学校の幼馴染《おさなな　じみ》が住んでいると。

愛想ないし顔もちょっと怖い。まあでもいい奴だよ。そんな風に話していた。

ふだん言葉遣いの悪くない星が「いいやつ」という砕けた言い方をするのが珍しかったので、よく覚えている。

「栗原……さんだっけ。星に動画見せられた。すげーいい曲だからって、三か月くらい前からずっと」

「そうなんだ」

「あいつ、面識もないのにいきなり話しかけたんだって？　びっくりしただろ」

「うん。おどろいた。でも星はそういう子だと思う」

「………そうそう。それで毎回めちゃくちゃ反省する。あんときもしてた」

「わかる……知り合ったばっかりだけど……想像できる……」

やたらと通じ合ってしまい、二人でうんうん、と頷《うなず》き合ってしまった。

「栗原さんと知り合えてあいつ喜んでた。……あー、なんだろ。仲良くしてやって。って俺が言うのもおかしいけど。でも、仲良くしてやってほしい」

さぐりさぐりという感じで、彼は言葉を継いだ。

口調や言葉遣いはまったくちがうけど、星が頑張って言葉を探しているときとよく似ている。すぐ近くで育ったから、きっとこの二人は相性がいいんだろうなと思った。

「うん。私も星と仲良くなれて嬉しいよ」

「サンキュー。いろいろ頑張りすぎる時あるから、見ててやって」

「分かった」

「あいつ暴走しがちだから、なんか無茶してたら止めてな」

「そこは止めないかもしれない」

そっか、と言って陸斗は笑い「あ、ごめんこれからミーティングなんだ」と言って去っていった。その笑い方も、何となく星と似ている気がした。

（ん？　家が隣……）

何かが胸の奥に引っかかったような気がしたけど、それがなんなのかはよく分からなかった。

side 星《あかり》

その晩も星はいつもどおり、庭先で踊っていた。

何度踊ってみても、しっくりこない。

何が悪いのかもいまいち分からない。

分からない時にはとにかくやってみることにしている。

がむしゃらにやることで見えてくることって絶対あると思う。

と、がらりと二階の窓があき、陸斗が顔を出した。

「おい。そんな身体酷使《からだこくし》して大丈夫なのか？」

ぶっきらぼうに、しかもいきなり本題だった。

「大丈夫……じゃないかも。すごい疲れた」

庭先の小さなベンチにへなりと座り込む。指摘されて気付いたが、大分長時間踊っていた。こころなしか、さっきより月が傾いたような気すらする。

「あんまり根詰めて練習するな。見てると心配になる」

「陸斗だって、昔はこんな感じだったじゃん。シュート練習三百本とか普通にやってた」

「そりゃ子供の頃は知識もなかったから。……そんな昔のことよく覚えてるな」

「すごい覚えてる。マリオカートやろうよって言っても完全に無視された」

「……完全な無視はしてないだろ。終わるまで待ってろ、とは言ったけど」

子供の頃、この庭には子供用の小さなサッカーゴールがあった。

テレビでJリーグの試合を見て憧れた陸斗が「オレもサッカー選手になる！」と駄々をこねて買ってもらったものだ。

彼はそれに向かって何十回も、何百回もボールをけり入れていた。

ほったらかされた星が「ねーつまんない遊んで」とせがんでも「ダメだ。完璧《かんぺき》に入るようになるまで練習する」の一点張り。

結局その後もコツコツ練習して、陸斗は精度の高いシュートを打つ有望なフォワードになった。

星はサッカーのことはよく分からない。

だけど秀瑛のサッカー部は層が厚いし、百九十cm近くあるような大柄な選手も、短距離から転向した瞬発力が並みはずれた選手もいる。

陸斗はたぶん、とびぬけた特技がないことを、技術でカバーできる選手に成長したんだと思う。

まだ補欠だけど、練習試合には投入されるようになっている。

彼の努力が実を結ぶのを間近で見てきたこともあって、星もとにかく、追い詰められた時ほど無心で練習するのがクセのようになっていた。

……結果はそんなについてきてないけれど。

「あーっ！」

ちょっとイライラしたので、座った姿勢からぶん！　と跳ね起きる。勢いのまま、夜空に向かって吠えるみたいに、エビ反りジャンプをしてみた。

「お、跳躍が高い」

陸斗が素朴《そぼく》な口調で感心した。星がぴょんぴょん跳ねるのだけは上手《うま》いのは、ここで彼と遊んでいたことも関係あるかもしれない。

「あー……つか、前よりはよくなったんじゃね？　例の歌のダンス」

ぽそりと平坦な声で、陸斗は言う。

「ホントにそう思ってる？」

「うん。入部したての一年みたいな感じだったのが、二年になった感じがする」

「それ褒めてないよね？」

「褒めてんだけどな……」

眉間《みけん》にしわを寄せ、困ったように口を曲げた。

「ちょっとかっこよくなってきた……気がする。オレ語彙《ごい》ねーから上手く言えないけど」

「そっか、ありがと」

陸斗は基本的には嘘を言わない。

歌や踊りのことなんて何も分からない彼が言うなら事実なのだろう。

本当に少しずつでも、上達はしているのだ。

何回も繰り返す。自分が上手くなるにはきっとそれしかない。

とにかく、やるだけやってみようと思った。

「もう寝るわ。今日二年ミーティングで遅くなったし」

「二年ミーティング？」

「そ。運動部の、二年生だけでやる意見交換会みたいな？　普段は三年生に遠慮《えんりょ》して言えないような要望も言えるようにって生徒会長が始めたんだけど」

「生徒会長……薫子先輩……？」

その名前を聞くと、ちょっと顔がこわばる。

ダンス部は意見交換会とやらに呼ばれていない。新設なのでそれ自体は別におかしなことではないけれど。

「あの人いい人だよな。めちゃくちゃ頭いいのに、俺たちみたいなガチの運動部の二年にもちゃんと目配りしてくれて。今年卒業なのに『もっといい学校にしたい』って口癖《くちぐせ》みたいに言ってる」

「うん……」

「どした?」

「なんでもない」

そう。薫子先輩はすごくいい人なのだ。

ただ、自分と二人きりの時だけ、やたら厳しいというだけで。

side 星《あかり》

「合宿の詳しい予定表ができました！」

紗枝が言ったとき「おおー」と一気に部員のテンションが上がった。

今日のミーティング場所は、開放感あふれる屋上だった。

いつもは出入り禁止だけど、今日は特別。

やっぱり空って気持ちいいな、と思うけど、スッキリと楽しんでばかりもいられない。

何せほんの一週間後に合宿を控えている。

去年は創部したてでそれどころではなかったけど、今年の合宿は大会出場を控えた大事な二日間だ。しっかり練習したい。

「場所はかねてから決まっていた通りM海岸です。二日とも体育館をつかえることになりました。部屋割りは一年と二年で一部屋ずつ、大きい和室取ってます」

紗枝はハキハキと歯切れよく、概要を説明していく。

ただ分かりやすいだけじゃない。

「そしてそして！　今回はめでたく全員参加です！」

「イエーイ!!」

「現地までのバスの運転はおじいちゃんです。先生は施設に沸いてる温泉が目当てらしいので練習中、ゆーっくり浸かっててもらいましょう」

「いいじゃーん、顧問《こもん》も部員もいいことづくめじゃん」

「筋肉痛や慢性疲労とかにきく温泉だそうです。もしかしたら身体《からだ》が柔らかくなるかもしれないし、柔軟性に自信がない子はもうとっぷり浸かってね。一年ズは部屋に二年がいないからってはしゃぎすぎないようにね」

「はーい！」

こんな風に要所要所での盛り上げ方やノセ方、気遣い方まで、心得ている。

心得ているとはいっても、それらは決して計算によるものではない。

毎日きちんと部誌をつけたり、顧問やコーチと密な連絡をとったり。そのうえ気付いたことを自然に盛り込んでくれる。

「今回の合宿の位置づけは、もちろん夏の大会のプログラムを踊りこむことです。一年生は基礎スキルの向上。二年生は見せ方の研究。同じステージに立つものとして、親睦《しんぼく》を深めるのも目的です」

考えながらしゃべってはたまに支離滅裂《しりめつれつ》になる星と違い、紗枝は順序だてて分かりやすく説明するのが得意だ。

だからこういうミーティングでは、いつも代わりをお願いしている。

「三日間の日程とコーチが作ってくれた練習メニューを打ち込んだものがあるので見てください。余白のイラストはカンナと萌香に頼みました」

カンナの絵はグラフィティアート風で、萌香のはガーリー&スイーツ風だった。

作風のちがう二人が合作しているのでかなりカオスな状態だが、かわいい予定表になっていた。

「それぞれ個人が達成してほしい目標を、コーチが作ってくれています。これは個別の紙に書いてあるので、見てみてください」

「はーい」と全員の声が揃《そろ》った。

自分の手元の紙には『星。移動の時の歩幅がみんなと合うように。その際のステップはしっかりと丁寧《ていねい》に』と書いてある。

十五人編成で三十人編成にも引けをとらないダイナミックな見せ方をするため、足周りの機動と洗練は欠かせない要素だ。

「星、部長だからね、現地ではちゃんと仕切ってよ」

ぴしっ、と指さされてしまった。

これは決して、何かを押し付けているとか責めてるわけじゃない。

紗枝はこうやって、ここぞというところでは部長である星を立ててくれる。

「……がんばります」

「まあ心配すんなし。あたしもフォローすっから」

「ねえパジャマは好きなの持っていっていいよね。モコモコのやつとか」

「何言ってんのダメにきまってんじゃん。ここに『華美なものは禁止』って書いてある」

「えー……モコモコって華美なの？」

「ていうか絶対暑いよ、モコモコ、エアコンなかったら悲惨《ひさん》だよ」

「そうかなぁ……」

「萌香先輩、夜時間ありますか？　この間言ってたマッサージのやり方教えください」

カンナと萌香は「諸注意」のページを見ながら、ああでもないこうでもないと言いあい始めた。

仕切れと言われても自信はないけど、やっぱりメンバーのこういうところを見ていると楽しいし、一年生は純粋にかわいいなと思う。

「楽しみだね」と隣にいた詩に声をかけてみる。

返ってきたのは「うん」という短い返事だけだったけど、その瞳は子供みたいにキラキラしていた。

見てしまった。割と決定的なシーンを。

現場はやっぱり、西校舎の社会科資料室だった。

昼間、いつものように資料の隙間《すきま》に挟まって音楽を聴いていて、イヤホンのケースを忘れた。放課後に気づいて取りに来たわけだが、しかし部屋に入る直前で足を止める。そこには男子生徒と女子生徒の姿が一人ずつあった。

無人の小さな教室に、かたむいた太陽の放つ強い光が差し込んでいる。

「付き合ってほしいの」

と告白をしているのは、生徒会長の薫子先輩だった。

濃い影に彩られて普段より倍増しに掘りが深くて美人に見えた。

「なんで、俺なんですか」

相手の男子生徒は困惑している。

ぶっきらぼうで主張は強くないけど、一言ずつに力を感じる喋《しゃべ》り方。

星の幼馴染《おさななじみ》の陸斗。

「なんでって、好きだからよ。ダメ？」

薫子先輩は柔らかに微笑《ほほえ》んだ。声はか細く絞《しぼ》られているが、語尾のあたりに自信が見え隠れしている気がした。

陸斗の返事は早かった。

「俺、好きな子がいるんで」

「忘れさせてあげる」

ぎょっとした。先輩がなんのためらいもなく、陸斗の手をぎゅっと握る。

『女子と接点もないみたいだし軽くいけると思う』という、いつかの先輩の言葉を思い出した。

とても嫌なところで点と点がつながってしまった。

ぱし、と音が鳴る。

「やめてください」

陸斗の声は硬かった。

彼は先輩の手を、結構な強さで振り払っていた。

表情は影が濃くて見えないけど、相手がカッとなるのが気配だけでもありありと伝わる。

「どこがいいの。その好きな子って」

少しの間をおいてから、陸斗が言う。

「いろいろと要領悪くて不器用だけど、すごく頑張ってる奴なんで」

「頑張ってるってなに？　頑張ってるから好き、なんてほとんど憐《あわ》れみじゃない、そんなの」

「違う」

きっぱりと陸斗は言った。

「どこが違うの」

「………どこが、ってうまく言えないけどそれは絶対に違うし、先輩が決めることでもないと思います。俺はあか……そいつが、好きなことに夢中になってるところを見るのが好きです。何年も前から、多分子供のころから好きでした」

廊下《ろうか》で立ち聞きをしている詩は、そこで確信した。

陸斗が好きなのは星だ。

「だから、先輩とは付き合えません」

それは彼の本心の吐露《とろ》であると同時に、これ以上ないほどの拒絶でもあった。

ガタン、と机がぶつかる音で我に返った。

先輩がこっちに来る、と察し、詩は慌ててその場を離れた。

Side 星《あかり》

五月に入ると、空が近くなった気がする。

空気がもう夏になりたがっているんじゃないかと思うような陽気だった。

合宿の日は、抜けるような快晴。

本当にひとつの雲もない、絵の具でぐいぐいと塗ったような青空が広がっていた。

星は張り切りすぎて一番に来てしまった。

「ごめんー！　遅くなっちゃった」

「もー！　遅い！」

一人また一人と、校庭にダンス部員が集まってくる。

「ねえあっちにドライヤーってあるかな。私大きいのしか持ってなくて荷物に入んなかった」

「私持ってきたよ。これ小さいけどすごい風出るよ」

「すごい風って何、怖いんだけど！」

それぞれ荷物を抱えて、はしゃいでいる。十人以上の部員がワイワイ活気づいている様子は、校庭の片隅をぱっと華やかにさせていた。

「こんな晴れてラッキーだね」

「写真とろうよ。おじいちゃーん、こっち向いて」

「んー？」

「ていうかおじいちゃんバスなんて運転できるの？」

「囲碁《いご》部の時も運転してたから大丈夫大丈夫」

「ほんとにー？　私たちちゃんと海までたどり着けるー？」

中型バスのまえで、何故か運転席の顧問《こもん》を入れて自撮りをしてみたり。

完全な旅行気分だ。

いつもなら「今日はみっちりやりましょう」と厳しくなる里穂も、あまりトゲトゲしたこと言わず、持ってきた私物を見せ合ったり楽しそうに過ごしている。

「楽しもーね」

「うん！」

紗枝に言われ、星も笑顔で答えた。

正直まだ、ダンスの方は仕上がっていない。毎日頑張ってはいるけど、上手《うま》いメンバーには追いつくどころか背中を見失わないようにするのでせいいっぱいだ。

自分のスキルを上げながら、皆をまとめるのは大変だと思うけど。

でも今日は気分がアガっていてなんでもできる気がするし、自分自身も楽しもうと思っていた。

せっかくの晴れだし、せっかくの合宿だし。

何より、せっかく全員揃《そろ》ったし。

「私、こういうの初めて」

詩がちょっと声を弾ませている。

「晴れてよかったね。あっちの海、今日絶対きれいだよ」

「……楽しみ……」

相変わらず言葉に余計な装飾を纏《まと》わせないが、わくわくしていることは十分に伝わってきた。

「昼間は思いっきり踊ってさ。夜はちょっとだけ海で遊ぼうか」

「花火してみたい。サービスエリアで買えるかな」

「火気厳禁だから花火はできないんだって」

「そっか」

ちょっと残念そうだった。

「ご飯は？　おいしいかな」

「陸斗が去年行っておいしかったって言ってたよ。特にチャーハンがいいって。でもサッカー部員は何食べてもおいしいって言うからあてにすんなって」

「大丈夫。チャーハンは信じていいと思う」

「何それ。確かにマズくつくるの難しいけど」

そんな他愛《たわい》もない話をしている間にも、荷物の詰め込みや点呼が進んでいった。

「ねえ私酔うから窓の方座っていいー?」

「いいよー荷物の積み残しない? 忘れても取りに戻れないからね!」

そんな声が飛び交うなか、ぶぶ、と小さな音がする。

詩のスマホが鳴っていた。

怪訝《けげん》な顔で画面をチェックし、さっと顔色を変える。

「詩?」

そのまま詩は、スマホを握りしめて俯《うつむ》いていた。表情が明るくない。

「ごめん。私、帰らなきゃ」

「え?」

今にもバスに乗り込もうとしていた紗枝と里穂が、怪訝《けげん》な顔で振り返った。

「何かトラブル?」

詩の顔から一気にさっきの「わくわく」がはげ落ちていく。

ただ事ではない様子に、部員たちが集まってきた。

「部活に集中したくて黙ってたんだけど」

詩は、ぽつんと口を開く。

「最近歌の方でマネージャーさんがついて」

「へー、すごい……」

みんなが、ほーとため息をつく。さすが詩、という称賛するような空気だった。

同時に、それ、今言う？　という空気も……ほんの数ミリくらいは流れていた。

「しばらく部活で忙しくて、あんまり事務所にも顔を出してなかったんだけど。大事な打ち合わせが急遽《きゅうきょ》入って、どうしても今日やりたいって言われた」

「あー……そっかぁ」

じゃあしょうがないよね、という諦めたような吐息が、いくつか漏《も》れた。

「終わったら絶対合流するから」

詩は少しうつむいたまま、でもはっきりとした口調で言った。

「詩先輩、無理しなくていいです」

里穂がぴしりと突きつける声音《こわね》で言う。

口にしている内容こそ詩を気遣うものだけど、その表情の硬さに、嫌な予感がした。

「無理して来てくれなくて、大丈夫です」

わざわざ言い直す。まわりの部員がほんの少しざわついた。

「詩先輩はすごいです。ダンスは上手いし、歌はプロ並み……というかプロだし。なんでもできる」

　悪気はなく、ちょっとすねているような口調だった。

　だけど悪気のない意見ほど、かえって純粋に『刺さる』こともある。

「歌の方でプロになるんだったら無理して来てくれなくていいです。思い出作りなら、合宿以外でもできるじゃないですか」

「そんなんじゃない……！」

　詩は大きく首を横に振る。

「私は、行きたかった。すごくすごく、行きたかった」

　それが本心だということは嫌というほど伝わった。

　詩はいつも、余計な飾りのない、あるがままの感情を出す。

　怒る時、喜ぶ時、戸惑った時。

　それは心から直接掘りだしたようにまっすぐに届く。

　詩は合宿に参加したいと強く思っている。

　せっかく全員参加だってみんな喜んでたのに、水を差すような形になったのを、本人が一番切ながっている。

　そして、全員で行きたかったのは、里穂も同じのはずだ。だからぶつかっている。

「仕事が終わったら、絶対行くから」

詩は寂しそうにただそう告げた。星は、何も言えなかった。

窓の外に、のどかな山間《やまあい》の風景が広がっていた。

緑の中の高速道路をひたすら走っている。

「詩、楽しみにしてたのにな……」

流れていく濃い緑をぼんやりと眺め、星は思わずつぶやいてしまう。

部活に入るのも初めて、チームで踊るのも初めて、合宿も初めて。

だから詩は、今日を本当に楽しみにしていた。

バスで一時間くらいの、ほんの小旅行みたいな距離だけど。

それでもみんなで遠出することなんてめったにないし……

「星。元気出して。詩、来られるかもしれないじゃん」

元気がないのを察したのか、前の座席から紗枝が顔を出す。

「うん、そうだね」

「上手くなって帰ろうよ。詩もコーチも、びっくりするくらいにさ」

星を元気づけてはくれるけど、紗枝はもう、詩を『こないもの』と思っている。コーチと同じで、帰りを待っててくれる人、という扱いだ。それが少し、気にかかった。

だけど同時に、そんなことを気にしている場合じゃないという気持ちもある。

頷《うなず》いて、気分を切り替えようとギュッとこめかみのあたりを押した。

そうだ。現状間違いなく、二年生の中で一番上達が遅いのは自分だ。詩のことは残念だし、寂しいし、心配だけど。

他人のことばかりを気にしていられるような状況じゃない。

一人で沈んでても、ダメだ。

計画の段階でも紗枝にかなりお世話になったし、さっきは里穂と詩の諍《いさか》いを上手におさめることもできなかった。

部長として、せめて空気をよくして、もりあげたい。

「ねーねー！　夜何する？」

声のトーンを意識して上げながらみんなに話しかけた。

「どーせ夜なんか疲れ果てて寝てるってー」

「えー、コイバナとかしようよぉ」

甘辛《あまから》コンビがそう言ったとき、ぱっと外の景色が切り替わった。

「あっ、ねえ、海！」

必要以上に大きな声を上げ、指をさした。

山の隙間《すきま》からちらりと見える海に、部員たちは歓声を上げる。

しかし里穂だけは、その景色を見ない。その表情には、笑顔がなかった。

さっき詩に投げつけた言葉を後悔《こうかい》しているんだろうか。

しかし周りの目もあるし、ここで話しかけては逆効果だろう。

星はそっと、里穂から目をそらした。


バスから荷物を下ろして、管理人さんに挨拶《あいさつ》をして、設備についての説明を聞いた。

部屋は八人用の大部屋を使うことになっていた。一年と二年で、一部屋ずつ。

二年生の部屋からは、間近に海が見えた。

「うわー！　極上《ごくじょう》オーシャンビューじゃん！　写真撮ろ」

「いや大げさ！　普通の海だよ！」

「星、さっきからちょっと舞い上がりすぎ」

カラ元気でキャッキャとはしゃぎながら写真を撮り、カメラモードから切り替えてLINEを見てみた。

詩からの連絡はない。彼女はあくまでも、プロとして、仕事をするために残ったのだ。こまめに連絡なんかをしている暇はないだろう。

あとで合流する。そう言ってくれたけど、きっとそれは難しいはずだ。

スマホで調べたところによると、この合宿所は思った以上に交通の便がわるい場所にあり、終電も早いし、夕方を過ぎれば駅からのバスもない。

時間的にも距離的にも詩が合流するのは、やっぱり無理がある。

(やっぱ無理、だよね。うん。切り替え切り替え)

気持ちを焚《た》きつけるように、トンと胸を叩いた。

しかし寂しくなってつい、はぁ、とため息が出てしまった。


丘の上の施設は、ダンスの練習には絶好のロケーションだった。

広々とした体育館は木々で囲まれていてどれだけ声を上げても誰の迷惑にもならないし、休憩のための設備も各種そろっている。

心落ち着く緑の香りが流れてきて、空気がおいしくて、一歩外に出れば木立の隙間から海まで見える。

名だたる名門のチア部やマーチングバンドのチームも練習に使う、人気の施設。天気もまったく崩れず、空はどこまでも広がっている。

最高に「アガる」シチュエーションのはずなのに。

だけど星たちのダンスは、しっくりこなかった。

場所が違うから、とかじゃない。

もっとわかりにくい、じわっとした「合わなさ」だった。

「私、この合宿で絶対、詩先輩より上手《うま》くなります」

ストレッチと基礎練習を終えた里穂は、意地になったようにそう宣言した。

もともと里穂は人一倍向上心があって、ライバル心がある……とまではいかずとも、詩を少し意識していた。

そういうところはちょっと怖いけど、みんな嫌ってはないと思う。

星だって心強いと思っている。

だけど、今日は何かよくないものに支配されたような動きだった。

里穂の動きは、いつも完璧《かんぺき》にコントロールが利《き》いていて、力を入れていなくてもパワフルに見えるし、気を抜いていなくてもルーズに見える。

そういう巧さがあるはずなのに、今日はひとつひとつの動きが「やりっぱなし」だった。

リズムカウントの声は激しく上げているが、笑顔はまったくない。

はじめて見るような荒さに、一年生ばかりか二年生も腰が引けてしまっていた。

「いったん休憩にします！」

コーチがつくった練習メニューは、ぎこちないながらも消化されていく。

星は体育館の端に積みあがっている段ボール箱を一つずつ降ろし、中の水を取り出した。

「水飲む？」

「おー、ありがと星」

カンナがペットボトルを受け取り、一人で休憩をとっている里穂をちらりと見やってから、こそりと耳打ちした。

「ねーねー、里穂、なんかすごいムシャクシャしてない？」

「そうだよね……」

「ムシャクシャっていうか……もう負けん気だけで踊ってます、って感じがする……大丈夫、かなぁ」

他のみんなも心配そうだった。

「大丈夫だよ、テンション上げてこ！」

星には明るくそう言うくらいのことしかできない。

部長なんてやってるけど、こういう時、どうしたらいいのか分からない。

もともと全然リーダーなんて向いていないのだ。

テンション上げてこ、と口で言うのは簡単だけど、朝にはモメ事だってあったし人の気持ちってナマモノだ。

上げてこ！　の一言で沈んだ気分が浮上するわけがない。

具体的にどうしていいのか、うまい策が見つからない。

だけど紗枝には頼りすぎたくないし。

（こういう時はやっぱり……ひたすら盛り上げて、声上げてく？　うん。そうしよう。何か行動しなきゃ。もちろんちゃんと目配りをして）

そう思い、休憩中ずっと、マネージャー的にあれこれと働いた。


しかしどうにも、星のやることというのは裏目にでやすい。


「あっ！」

すこし陽が落ちかけた頃、たいして複雑でもないステップで思い切り足がもつれた。

昼からずっと、練習漬けだったたから疲れていた。

星の立ち位置は外側が多く、いわゆるセンターではない。だけどそれだけに、フォーメーションの移動は多い。例えば横一列で円を描くように動くときなど、しっかりついていかないと綺麗《きれい》な時計の針のように回らないのだ。

「星先輩って、体力ないですよね」

里穂が曲を中断させて、数歩歩み寄った。

まだ機嫌が直っていないのか、口元がきゅっと引き結ばれている。

「責めてるんじゃないです。でもこのダンスの完成度を上げるには、星先輩の全体的なスキルの底上げが絶対に必要だと思います」

里穂、やめなよ。と一年の誰かが言った。しかし本当に小さな声だったので、届かなかった。

「星先輩が頑張ってるのは分かってます。私だって、今まではみんなで頑張るだけで楽しかったです。でも今年は大会に出るから、今までとは違う。上手《うま》い学校はいっぱいあるし、あまり下手《へた》だと、恥ずかしいと思う」

「……ごめん」

星は謝るしかない。里穂の言い方は厳しいが、内容はまったく間違ってはいなかった。

「水運んだり、声出したり、そういうのは一年がやります。先輩は部長なんですからもっとどっしり構えて、練習に集中してください」

「………うん」

ダンスレベルのついでに、空回《からまわ》りを指摘されたような形になって、恥ずかしくなった。

周囲がしんと静まる。

「里穂」

紗枝が固い表情で間に割って入った。

「責めてるんじゃない、って前置きするのはずるいと思うよ。それは責めてると思う」

だけどその一言も……責める口調だった。

全員、間違ってはいない。

出発前のいざこざと同じだ。

だれも間違ってない。だけど、少しずつぶつかってしまう。

そしてそれをまとめてくれるコーチは、今日もいない。

力不足。その三文字がぐるぐると、星の頭の中を回っていた。


「はぁー……」

夜の海は怖いし、夜の空はもっと怖い。

星はそう思いながら、波打ち際に座り込んでいた。

さっきまで出ていた月が、厚い雲にすっかり隠されている。

あらゆる音も、光も吸い込みそうな、ただの一枚の黒い布をかぶせたような夜空だった。

子供のころは、空を眺めるのが好きだった。

手を伸ばせば届かないかな、あの向こうがわには何があるのかな。そう考えるのが楽しくて、陸斗のサッカーの練習に付き合ってぴょんぴょん飛んでいた。

だけど今は、空になんて手は届かない。

あの向こうはただ暗いばっかりで何もないとしか思えなかった。

「はぁ……、遠いなあ」と。

遠い、というのは何も空だけじゃなくて。全部だ。合宿を成功させること。スキルアップすること。立派な部長になること。大会で爪痕を残すこと。

（なんか私……全然だめだな。空気も読まずはしゃいだせいで、余計に拗《こじ》れさせちゃったし）

夕食中も、部内の空気はどうもしっくりいかないままだった。

少し一人になって頭を冷やしたくて、消灯までの自由時間、こっそりと浜辺に降りてきてしまった。

とぷん、と勢い余ったように波が足元にかかる。

冷たすぎるその温度に、何故だかふっと、昔のことを思い出してしまう。

昔といっても、何年も前のことじゃない。

一年前から今まで。ダンス部を作りたくて、存続させたくて、突っ走ってきたほんの数百日前のことだ。

ダンスをやってみたいと思うようになったのは、中学の授業で踊った時だった。

当時から、センスや運動神経のいい子にはかなわなかったけど、本当にただ、音楽に合わせて踊るのが楽しかった。

それまでは、これといった目標もなく、受験をして高校に入ったら、いっぱい遊ぶぞ！と漠然《ばくぜん》と思っていた。

かわいいメイクしたり、バイトしたり、ネイルだってやってみたい。高校生にならないとできないことってたくさんある。できれば制服のかわいい学校がいい。

だけどしだいに、ダンス部のある高校に入りたいな、と思うようになった。

あの頃あこがれていたのは、夏の大会の優勝候補でもある暁津高校。

上位校で求められる学力も高かったので、定期試験で中位の常連だった星には厳しい挑戦で、だけど絶対に受験したい、と進路を決めるときに言い張った。

安全策を取りなさいという親や先生を説得して、受けてはみたけどやっぱり奇跡は起こらなくて普通に落ちた。本命に落ちたら滑り止めの秀瑛に行くこと、と言われていたので、その通りにするしかなかった。

秀瑛高校は、楽しかった。以前から友達の紗枝だって陸斗だっているし、広い敷地に綺麗な校舎が建ってて、推薦枠《すいせんわく》だっていっぱい持ってて、意地悪な子もあんまりいない。

ダンス部がない以外は、完璧《かんぺき》だった。

えい、作っちゃえ、と思ったのは一年の四月末。

紗枝と、連休はどこで遊ぶ？　という相談をしていた時だ。

カラオケってのもいつも通りでちょっとヒネリがないし。

でもテーマパークは混んでるし。

エモい夕日の写真とか撮りに行ってみる？　パワースポットとか行っちゃう？　運命の一本みたいなめちゃくちゃ似合う色のアイライナーを探しに行く？

なんだかどれもピンとこなくて、じゃあ、今一番したいことってなんだろうと考えた。

そこでごく自然に、やっぱりダンスができないかな、と思った。

踊りたいなあ。紗枝とか、高校の友達と。

そう思ってから部を作ろうとなるまで数日もかからなかった。

「え？　部をつくる？」

ダンス部を立ち上げたい、と放課後のマックで言ったとき、紗枝はまず怪訝《けげん》な顔をした。

「うん。あちこちスクールとか見てみたんだけど、どこもいまいちピンとこなくて……部活でやれないかな、ダンス」

「イチから部を作るなんて無理じゃない？　部室も今ほとんど空いてないっていうし」

さすがにすぐにノリノリにはなってくれなかった。

「そっか……厳しいのかなぁ」

「さすがに新入生がいきなりっていうのは無理だと思うよ。部員だって集まらないし」

「でも新設です！　って宣伝したら来てくれないかな。みんな動画サイトとか見てるし。自分で踊ってみたいって子もいると思う。創部って何が必要なのか先生に聞いてみようかな」

「あ、それなら知ってる。部員五名と、顧問《こもん》がいることが条件。あとコーチが必要だと思うな。うちの運動部どこも強いから、きちんと練習メニュー組めるような先生はみんなそっちにかかりきりだろうし。チアの方の指導もあると思うし、人手がないと思う」

現実はなかなか甘くはなかった。

そこで一度は引き下がったが、どうしても諦めきれずに、とりあえずできるところからクリアしようと、手が空いていると思われた現顧問の『おじいちゃん』に話を付けにいった。ちょうど三年生が卒業して囲碁《いご》部が廃部になったところで「部員が集まったら顧問してもいいよ」と「仮契約」をしてくれた。

友達に声を掛けたら何人か入ってくれそうな子が見つかったので、思い切って募集をかけようと思い「新設ダンス部！　部員募集　経験不問」のポスターを手作りした。

「なんか適度に楽しそーな部だなと思って」と言って、音楽好きのカンナとその友達の萌香が来てくれた。あと一人、あと一人入って！　と念じながら待っていると、そこからはトントン拍子に三人くらいが入部してくれて。

そのあたりで紗枝が根負けしたように「仕方ないなぁ」と探してきてくれたのが、雅史コーチだ。

けっして何もかも順風満帆《じゅんぷうまんぱん》ではなかったけど、勢いのまま突っ走ってきた。

言い出しっぺということで、部長に収まって一年活動してきたけど。

後輩ができて校外合宿に行ったとたんにこのありさまである。情けない。

「遠いなぁ」

また、そう声が漏《も》れた。

たった一年前のことも遠いし、ほんの二か月後の大会も遠い。

「いや、そんなこと言ってても始まらないんだけど……」

深い深いため息をついて空を見上げると、空には綺麗な月がのぼっていた。

いつのまに、顔を出したんだろう。

絶対どかなそうに見えた重い雲が、月のために場所を空けたようだった。

まるで光の力で雲を溶かしたみたい。

そう、メルヘンチックなことを考えたときだった。

それこそ光で溶かしたように、星の視界の真ん中に『ある人』が現れる。

ぬっ。

「星！」

声がした。

そこにあるハズのない顔。一瞬、幻覚かと思った。

「…………詩？」

こんな時間に絶対、こんなところにいるはずがないのに。

だけど一瞬後には、すんなりと信じられた。

「詩……どうしてここにいるの？」

詩は大きな荷物を背負い、ぜえぜえと息を切らしている。

「遅くなってごめん」

どうしてここにいるの、への答えが遅くなってごめん。だから、会話は成り立っていない。

意味が通らないからこそ、逆にストンと理解できた気がした。

「どうして」も「なんで」も、関係ない。

詩は最初から絶対に来てくれるつもりだったし、それを実行しちゃっただけだ。

「ちゃんと仕事終わらせてきたから」

「で、でもどうやって？　マネージャーさんに送ってもらったの？」

「電車乗ってきた」

「で、でもバスは六時で終わりだよね」

「走ってきた」

「ええっ！　駅から？　一時間半くらいかからない？」

「だいたい七十分くらいだった」

夕方に仕事を終えて、一時間以上電車に乗って、ここまでひたすら走ってきた。

そういうことになる。

「メチャクチャだよ！　夜道走るなんて危ないよ！」

「どうしても、来たかったから」

「来たかった、って、それだけで……？」

「それが一番大事だと思う」

「……そうだけど……いやそうなの……？」

思わず疑問形になってしまった。でもとにかく詩はすごい。

来たかったから、の一念だけで、こんなところまで来てしまう。また知り合って一か月くらいの、私たちのために。

じわじわと胸にこみあげるものがあった。

その発散の仕方が分からなくて、とりあえず、叫んでしまう。

「あー！　詩ー！」

むぎゅっと抱きつきそうになったがそれはこらえて、手で両肩を摑《つか》んだ。

「すごいすごい！　私すごい感動してる！　なんでそんなことできちゃうの？」

「えっと、うん」

今度は詩の方がギョッとしたというか、勢いに呑《の》まれた様子になる。

「星って、突然マシンガントークはじまるからいつもびっくりする」

「ごめん！　でも今日はいいよね」

「いいよ。海だし」

「いや海だしってのもわけわかんないし！」

「わけわかるでしょ。海だし」

詩は嬉しそうに繰り返しながら、重そうな荷物をどさりと下ろした。

「里穂には思い出作りって怒られそうだけど、でもやっぱり、ここで踊ったり歌ったりしたかった」

そしていそいそとスニーカーを脱ぎはじめる。

「海なんてほんとに久しぶり。気持ちよさそう」

「入っちゃうの？　冷たいよ」

「夜の海は冷たくないとつまらない」

そういう問題？　と思ったけど入りたいと思ったら入っちゃうんだろうな、と思ってそれ以上は止めなかった。

何せこれは、と決めた時の並みはずれた行動力を、たった今目にしたばかりだ。

「……本当に冷たいね」

「だから言ったじゃん！」

とつい突っ込みつつも、なんとなく自分も足を浸してみたくなった。

宿舎に戻れば着替えはあるし、なんだかもうどうにでもなれという気分になって、しばらく足元で波をぱちゃぱちゃさせて遊んだ。

「海は対岸がないから好き」

ふと、詩が海の先を眺めながら小さく言った。

「対岸？」

「そう。川だと対岸があるけど海にはない。全部自分のって感じがするから好き」

「なるほど……」

分かったような、分からないような。

星などは広々しすぎる場所にいると、自分がとてもちっぽけな存在に感じる。

「『Bling Bling』もそういう気持ちで書いた。対岸の誰かと比べなくていい。私は私の時が最高だ、って。去年大きいオーディションに落ちた時に」

「詩にもそんなことがあったんだ」

「あるよ。生きてるからそういうこともある」

生きてるから、というのが、もっともなんだけどやっぱり妙にスケールが大きくて、少し笑ってしまった。だけどその通りだな、と思う。

「水平線も、遠くに見えても大体五キロくらい先なんだって」

「そうなんだ。物知りだね、詩」

「ちなみに私が今走ってきた距離は八キロだから、水平線を越えた計算」

「………それは普通にすごいと思う」

なんて話しながら、すうっと大きく空気を吸い込んでいる。星もそれに倣《なら》ってみた。

「海の匂いって、塩ラーメンぽい」

詩が情緒《じょうちょ》のないことを言った。

「そうかなぁ?」

「ところで宿舎のチャーハンおいしかった?」

「それが本当に、なんていうか、普通の味でびっくりした」

「逆にレア」

「そうそう。ほんとにレアな味だった。あ、そういえば詩、ご飯は? どこかで食べた?」

「ううん。駅前、もうコンビニしか開いてなくて。飛び込んで慌てて買った。パンとサラダと……あと、私の好物。星もいる?」

バサバサと砂の上に広げられたのは、大量のフエラムネと酢イカとうまい棒だった。

「ほんと詩って子供みたいなものすきだよね」

「いらないなら、あげない」

「……ごめん。いる。ちょうだい」

消灯の時間はもうすぐで、本当はすぐにでも、宿舎に帰った方がいい。だけど、夜空の下で思いっきり、おやつを食べたいような気分になった。

「おいしい」

「うん……」

酢イカをつまんだら、鼻がつんとした。

懐かしい味だなぁ、と思いながら二人でもぐもぐしていると。

「あー、部長がこっそりお菓子食べてんじゃーん、センセに言ってやろ」

「もがっ！」

うまい棒が思い切り、喉《のど》に詰まった。

せき込みながら振り返ると、カンナが楽しそうに笑っている。

紗枝や萌香、ほかの部員たちの姿もあった。

「み、みんな……」

「星。勝手に宿舎を抜け出さないで。心配したんだから。あと夕食後の買い食いもあんまり推奨《すいしょう》できないよ？　部長なのに」

紗枝が叱《しか》る口調で言った。ぴしっと一言、本当に厳しく言い放ち、そしてすぐ、くしゃっとほほえむ。

「でも詩、来てくれてよかった」

その一言で弾かれたように、部員たちが駆け寄ってくる。

「わぁ～ほんとに来てくれた、すごい」

「詩先輩どうやって来たんですか？」

「ほ、本物だよね……？　生き霊《いりょう》とかじゃなくて」

みんなが合流を喜んでいた。萌香にぶにぶにと頬《ほ》っぺたを触られて、詩はちょっと照れている。

「あの！」

じゃれ合う部員たちを遠巻きに眺めていた里穂が、何か決心したように声を上げた。

「星先輩。詩先輩。昼間はごめんなさい」

砂浜に立ち尽くして、一息に謝った。

「さっき、紗枝先輩と食堂で二人で話したんです。先輩がスマホに入れてる日誌を読みました」

「あ……」

「星先輩が見えないところで頑張ってることや、詩先輩が忙しくてもどうにか時間を捻出《ねんしゅつ》してくれてること、気づかなくてごめんなさい」

紗枝がいつもつけている日誌はこまやかだ。

部員たちのちょっとした苦手とか課題とか、頑張ったことがさりげなく書いてある。

「昼間のは、やつあたりです。無神経なこと言って、すみませんでした」

里穂は小さく頭を下げた。

その背中を、ポンと詩が撫《な》でる。

「大丈夫。気にしてない」

「うん……言われたことは、当たってると思う。もうちょっと頑張るね。部長としてはまだまだだけど……その」

星も何か、気の利《き》いたことを言ってあげたかった。

もちろん、最初から空気を悪くしない、それも当たり前に大切なことだ。だけど空気を守るために『言わない』のも……それはそれで、良くない。だから里穂のしたことは、何もかも全《すべ》て、間違っているわけじゃないと思う。それに、プライドの高い里穂が、きちんと自分を見つめて謝ってくれたのも、すごいことだと思った。

「気持ち切り替えて、明日の二日目、がんばろ。一人も欠けなくて良かったよ。やっぱり全員揃《そろ》うと、締まるよね。このメンバーがいいよ」

星が口ごもっていると、紗枝がうまくあとを引き取るように、優しく言った。

「そ、そう！　そんな感じ！」

ちょっと裏返った声で、全力の同意だ。

「あ、ごめん、なんかまた調子のいいこと言っちゃった」

「いいえ。星先輩、ありがとうございます」

里穂がそう答えたので、ほっとしたような空気が流れる。

照れたような沈黙がしばらくあって。

「なんかさ、アオハルじゃーん」

「ギャー！　先輩やめて！　濡れちゃう」

カンナがばしゃっと水を散らした。

そのまま波打ち際で水をかけあったり砂に字を書いたりして、しばらく遊んだ。

海で遊んでいたらうっかり門限を過ぎてしまい、裏口からこっそりと宿舎に帰った。管理人さんに怒られないように足音を殺して歩いて、自分たちの部屋に帰ったらまた楽しくなって、布団の中で延々と、大して中身のない話をして、いつまでも笑っていた。

翌日の練習では、前日の『しっくりこない感じ』はなくなっていた。

最初から最後までどこもかしこも息ぴったり、という出来ではなかったし、むしろダンスに関しては持ち帰った課題も多いけど。

でもようやく、同じほうを向いて、同じ景色が見れた、という気がした。

初日は空気がぎくしゃくしていて、あまりしっかりと味わえなかった食事も、二日目からはとたんにおいしく感じてもりもり食べた。

「今日でここのご飯も終わりかぁ。おいしかったね」

三日目の朝食はシンプルに白い米と味噌汁、それに焼き魚だった。

「あんたたちよく食べるねえ」

割烹着《かっぽうぎ》を着た食堂のおばちゃんが、目を丸くしながらおひつにご飯を追加していく。よく運動していたせいか、とにかく毎食ごはんの減りが早かった。

「カンナ先輩、魚食べるの上手ですね」

里穂が感心したように言うので、向かいのカンナを見れば、無駄な身一つついていない骨がすーっと持ち上げられていた。

「わっ、ほんとだ。器用だね」

そこまでうまく食べられない星は思わず拍手してしまう。

「カンナのママはお花の先生でマナーに厳しいんだよ〜。こう見えてもお嬢様なの」

「あ、こら萌香。余計なこと言うなよ」

「…………」

意外だったので思わず沈黙してしまった。

「なんだよ。みんなして、どうせ似合わないって思ってんだろ」

「そ、そんなことないよ。カンナはちょっとした仕草がきれいだもん」

「そうだよね、私もそう思う」

星と紗枝は何故かしどろもどろでフォローをした。

部員のちょっとしたパーソナル情報まで明らかになった合宿だった。

Side 詩《うた》

ダンス部の盛り上がりに水を差すような出来事が起こったのは、合宿からわずか十日後だった。

今日のミーティングと練習は屋上です、とLINEで告げられた時、なんでだろう、とまず思った。練習場所の変更は珍しいことではないけど、その日に限ってかすかな胸騒ぎがした。

直後のミーティングで、その予感が「あたり」だったことに、すぐ気づいた。

「六月と七月の練習場所が、確保できなくなっちゃった」

部員たちを前に、途方に暮れた顔で星が告げる。

「星先輩。どういうことですか」

真っ先に里穂が尋ねる。

あとを引き取るように紗枝が答えた。

「生徒会からＮＯが出たの。梅雨時《つゆどき》に備えてかなり早く申請を出したのに、ほぼ全日蹴《け》られちゃった。今日も急に、空き教室を使わないようにってお達しがあって」

部員たちは怪訝《けげん》な表情で顔を見合わせる。カンナが不満を隠さずに言った。

「……なんで突然？　やっと全員振りが入ったのに」

もともと使っている図書館前は屋外なので、雨が降ると使えない。体育館はバレーや卓球といった運動部でぎっしりと埋まっているため、どこか大きい教室で練習をするつもりだった。そのための申請を出したのに、騒音やらなにやら、理由をつけてほとんどの日が不許可になった。

「どうしちゃったんだろ。生徒会がここまで協力的じゃないことなんて、いままでなかったよね……」

紗枝が困惑した顔でこめかみのあたりを押さえている。

生徒会。その一言に、ピンとくるものがあった。

「星。私ちょっとだけ抜ける。ごめん」

言うなり、詩はぐいぐいと歩いて階段を駆け降り、外へ出た。

生徒会室は西校舎にある。敷地の広い高校なので歩けば結構な距離だ。

歩いているうちに頭が冷えたら、やめようと思った。

だけど怒りはまったく、おさまらなかった。

バタン、とドアを開けると、室内にいた生徒会役員たちが全員振り返った。

「どういうことですか」

つかつかと会長に歩み寄る。

もう分かっていた。申請を蹴ったのは、薫子会長だ。

「栗原さん？　今は会議中で」

「ダンス部の練習場所、なんで使えないんですか」

前置きなしに簡潔に尋ねた。返ってきた答えもまた、簡潔だった。

「生徒会の決定です」

「それって星が部長だからですか」

星の名前を出した瞬間、会長の顔がぴく、とひきつった。

「先輩は星が嫌いですよね」

「星の幼馴染《おさななじみ》の子が、先輩の好……」

「何言ってるの」

「ちょっと！」

言いかけた言葉は、その何倍も激しい言葉で遮《さえぎ》られた。

「こっちにきて」

会議を中断する形になるのも構わず、薫子先輩は詩を引っ張る。

廊下《ろうか》の突き当たりまで連れてこられた。

「どういうつもり？」

苦笑気味に尋ねられた。それはこっちのセリフだと思う。

「いきなり会議に乱入してきてこんな……やっぱりダンス部ってこんな子ばかりなの？」

困ったように笑うその表情は、まだ一応「いつもの薫子先輩」だった。

「説明してほしいからです。先輩は、星の幼馴染の陸斗くんが好きで、だから嫌がらせしてるんですよね。そんなのっておかしいと思う」

詩がそう言っても、わざとらしい笑顔は消えなかった。

「事実無根もいいところ。私がサッカー部の陸斗君を好き？　それで宮瀬さんにいやがらせ？　一体なんの根拠があってそんなこと言うの？」

「……偶然、聞いたんです。三階の教室で、先輩が陸斗くんに告白してるの」

探りを入れるように笑顔で尋ねられ、あの日見たままを答えた。

先輩は一瞬だけ目をすがめて、すぐに笑顔に戻る。

「やだ。立ち聞き？　でも私も陸斗くんも、宮瀬さんの名前なんて出したかしら。どこから宮瀬さんが出てきたの？」

「……あ……」

『好きなことに夢中になっているあいつが好き』陸斗がそう言ったから、腹いせで星の好きなことを邪魔しようとしている。どう考えてもそういう状況だ。以前だれかにしていた電話も、そういう内容だった。だけど確かにもろもろのやり取りで『宮瀬星』という個人名は一度も出ていない。ここで追及しすぎると、星をますます、巻き込むことになる。

「作り話はやめてね。本当に迷惑よ。宮瀬さんと私、なんの関係もないから。それにそんな理由で嫌がらせって子供みたいよね。私がそんな馬鹿みたいなことする人間に見えるの？　失礼にもほどがあるわ」

「だったらきちんと、ダンス部の練習場所の申請を受理してください。こんなのおかしい。私たちはちゃんと活動してる。夏には大会だって控えてるんです」

「真面目《まじめ》に活動なんてしてないじゃない。定年間近の先生を引っ張って、勝手気ままにあちこちでうるさい音楽流して。うちの運動部は全国大会だって狙える強豪ばかりなのに。本当にダンス部のやってることは遊びみたい」

「嘘です。紗枝が書いた日誌を見ればわかる」

一歩も引かずに言い返すと、先輩はそこで黙った。首筋のあたりがわずかに赤くなっている。とうとう苛立《いらだ》ちを露《あらわ》にして、言った。

「あなたなんで、そこまでダンス部に思い入れるの？」

「あそこが、いいな、好きだなって、思ってるからです」

「そんな理由で」

「それ以外に理由、いりますか？」

ぐっと唇がかみしめられた。どいつもこいつも。喉《のど》の奥で、そんな呟《つぶや》きを漏《も》らしたように思えたのは、気のせいだったかもしれない。

とっさに巡らせたそんな思考は、直後に言われたセリフが強烈すぎて、どうでもよくなった。

「あなたが芸能人でもこの学校では私が一番偉いの。余計なこと言うと部自体をつぶすわよ」

吐き捨てられ、唖然とする。しかし負けるかと思って、言い返した。

「潰させません」

「あなたがどんなに息巻いたところで、あんまり無礼なことばっかりしてると、本当にダンス部、なくなるよ。生徒会の会議を邪魔したり、私に向かっておかしなことを言ったり。とにかく六月と七月の割り当てに関しては、もう決定です。他の部にも通達してあるから」

「……」

詩はぐっと拳《こぶし》を握りしめた。

横暴だ、と思う。こんな時どうしていいか分からない。

「……練習場所はどうにかする。その代わり二学期以降はこんなこと、やめてください」

だけど完全に屈するわけにはいかなかった。

「私たちの邪魔だけは、絶対にしないでください。私たちは練習して、大会に出ます。どれだけ邪魔されても」

顔がぶつかるスレスレまで寄って、一言一句、目を見て言い放った。

ここまで言葉に力を込めたのは、生まれて初めてかもしれない。

先輩は圧《お》されたように身体《からだ》をそらした。念を押すようにもう一度繰り返す。

「絶対に、許さないです」

黙ってしまった先輩と、そのままじっと睨《にら》みあった。

と、ぱたぱたと小さな足音が聞こえた。

「……詩……？」

不安げな声とともに、廊下の曲がり角になった部分から星が顔を出した。

「星」

自分のことを追いかけてきたのだろうか。

薫子先輩が、もはや取り繕《つくろ》う気もなくなったのか、露骨に嫌な顔をする。

「宮瀬さん？　やだ、なんでダンス部の子はみんな盗み聞きばっかりするの？」

「ぬ、盗み聞きなんてしてません。今来たばかりです。詩が生徒会室を出ていったって聞いて……」

星は場に漂う険悪な空気におされて半歩後ずさった。

しかしぐっと耐えるように唇を一度結ぶ。

先輩に向き直って、切りだした。

「薫子先輩と詩、今、ダンス部の練習場所のことを話してたんですよね？　あの、先輩、どうして練習場所を許可してくれないんですか？　考え直してもらえませんか」

「無理です。もう決定事項として申し送ってあるから」

「……もしかしてその決定、私に何か関係ありますか？　私に何か悪いところがあるなら言ってください」

「別にないけど。自意識過剰《かじょう》ね。あなた個人は、一切関係ありません。私が生徒会長として、決めました」

「でも！」

　食い下がる星に、先輩は冷たく言う。

「宮瀬さん。部活はお遊びのクラブじゃない。学校から予算だって出てるの。あなたはいろんな人を巻き込んではしゃいでるだけだから楽しいかもしれないけど、それだけじゃどうにもならないこともある」

「先輩、それはひどいです。お遊びじゃなく、みんな頑張ってるし、コーチだって親身になってくれるし……」

「頑張ってるだけじゃダメに決まってるでしょう？　大して上手くなってもないし本格的にもやってない部に、どうしてみんなそこまで思い入れるの？　本当に意味不明なんだけど。このさき大会で結果が出るとも思えないし、秀瑛にふさわしくない」

「今は上手じゃないかもしれないけど、それでも少しずつ練習しないと上手くならないじゃないですか。ちょっとでも上手くなるために練習場所がいるんです。せめて普通に活動はさせてください」

「お断りします。会議を長く抜けるわけにはいかないから、戻るわね」

薫子先輩はにべもなく言い切って、すたすたと星の脇をすり抜ける。

こちらの話など、もう一切聞く気はない。そういう、頑《かたく》なな背中だった。

「もう一体どうして……？　なんで先輩、ダンス部のことでだけあんなに怒るんだろう……」

星が弱り切った声を絞《しぼ》り出し、肩を落とした。

詩にはわかる。星個人が関係ないというのは真っ赤な嘘。一番の原因は、星が恋敵《こいがたき》だからだ。

そして多分、大きな理由が、もう一つある。

「あの人は多分、他人の頑張ってる姿を見るのが嫌い」

「？？？」

「ミス・ナンバーワンでどんなことでもずっと一番を守ってるから。他人より優れてない人が、優れてる人より楽しそうにしてるのが気に入らないんだと思う」

ますます意味が分からない、というように星は眉《まゆ》を寄せて首を傾《かし》げた。

薫子先輩はダンス部のことを『遊びみたい』と以前から言っていた。

上位を目指せなくても楽しそうなこと。

上達ペースが遅くても腐らないこと。

そういうのがとにかく、目障《めざわ》りなんじゃないかな、という気がした。

「でも……部活って、そういうものだよね？　初心者でも入ってよくて、友達とか先輩とちょっとずつ上達して……そりゃ野球部とかサッカー部みたいな歴史のある強豪とは違うけど、でも私たち、一年前のぐだぐだダンスから成長したよ。なんであんなこと言われなくちゃならないんだろう」

星の言っていることはまったく間違ってない。

小さな成長を喜びながら少しずつ前に進んできた部だ。

そして『好きだから』で一生懸命になれる星のことを、おそらく陸斗は好いている。それが最高に、薫子先輩を苛立《いらだ》たせている。

完全な、嫉妬《しっと》からくるやつあたり。

それだけに、あの怒りはちょっとやそっとじゃ解けないような気がした。

「とにかく、練習場所の割り当ては決定しちゃったらしいから。別の場所、探す」

詩はスマホを取り出し、電話をかけた。

「シノブさん？　五月と六月と七月でスタジオ空いてる日、全部教えて」

相手は駅裏のスタジオのシノブだ。

『なに？　詩ちゃんものすごい声がマジ』

「マジ。本当にマジで言ってる。スタジオ貸してください」

『どしたの？』

「かくかくしかじかで、ダンスの練習場所が欲しい」

『かくかくしかじかってそういう使い方しないよ……うちのスタジオも夕方はほとんど埋まってるんだよなぁ』

「……そんな」

『詩ちゃん、ホントにどした？　かくかくしかじかの部分説明してよ』

「生徒会長がイヤな奴で、ダンス部の活動の邪魔する。踊る場所がない。腹立つ。すごく悔《くや》しい。私たちは練習がしたい」

『……なるほど』

最低限の説明だが、詩の口調からのっぴきならない事情を察したらしい。

『スタジオの予約は埋まってるんだけどさ。地下の奥にある機材置き場。あそこが空いてる。この秋くらいに改装して、そこもスタジオにする予定なんだ。本格的な工事は秋だけど、ざっと片づければ使えると思うけど、どう？』

「本当に？」

耳に当てたスマホをぐっと握りしめた。

Side 星《あかり》

「うわー……広い。けど、確かにちょっと汚い……」

詩が紹介してくれたスタジオは、駅裏にひっそりとたたずむお洒落《しゃれ》な建物だった。

地下の機材置き場……というか完全な物置になっていたらしいそこは、物こそ撤去してあるけどよく分からないゴミや廃材で雑然としている。

全体的に薄汚れていて、壁や床はぼろぼろだ。

穴が開いて吸音材がはみ出している箇所《かしょ》もある。

「以前の改装の時、ここだけ物置にするからってことで手を入れなかったんだ。でも防音壁とか基本的な設備はそろってるから、片付けて床を綺麗《きれい》にしたら踊れると思う。鏡は外から持ってきてもらうことになるけど」

「ありがとうシノブさん。どうにか整えてみる」

「秋に正式な工事が入る予定だから、照明とか適当に持ち込んでもいいよ。一応持ち込むものはチェックさせてもらうけど」

「床材入れたり鏡貼ったりしても大丈夫ですか？」

萌香が尋ねた。

「施工《せこう》が変わるようなレベルじゃないなら大丈夫だけど、そんなことできる？」

「そ、その……知り合いがやってくれるかも……」

「いーじゃん！　片付けようよ、ここ好きに使えるとか最高だよ」

「ですよね！　広いし！」

カンナと後輩たちはすでに乗り気になっていた。

「秘密基地みたいでいいじゃない。コツコツ頑張って片づけよ。十五人いれば一日か二日で終わるよ」

紗枝も嬉しそうに手のひらで壁を撫《な》でている。

あれから生徒会は抗議をまったく取り合ってくれず、コーチが大学をはじめとした施設をあちこち当たったが、なかなか色よい返事は得られず。

万策つきて、結局詩を頼ることになった。

「ありがとうございます。これで大会までの間、練習ができます」

星はシノブに頭を下げた。

詩がお世話になっているここの管理人らしい。

見た目は派手だしノリも軽いけど、詩と同じで、真剣な姿勢の相手を無下《むげ》にしない人物なのだろうな、と感じた。だから詩も、あの時まっさきにこの人に電話をしたんだと思う。

「詩ちゃんがこれまでになくマジな声で電話してきたときは何事かと思ったけど。いやー、楽しく部活やってるなら良かった。キミが星ちゃん？　お噂はかねがね」

シノブはニヤッと笑いながら、星にそんなことを言った。

「……詩、私のことなにか話したの？」

「んー。変な子って言ったかも」

「ひどい！」


翌日、萌香が呼んだ『助《すけ》っ人《と》』が来た。

一人ではなく、四人。全員がやたらと身体《からだ》になじんだ作業着姿で、体格が良く、何やら眼光まで鋭い。

確かに「知り合いが設備を整えてくれるかも」とは聞いていたけど、こういう人たちがやってくるというのは意外だ。

しかも手際《てぎわ》よく、壁の穴を埋めたり照明をセッティングしたり、鏡まで貼り付けてくれている。

「どういう人たちなの？」

「し……知り合い？　深く聞かないで！」

「お嬢さーん！　鏡の高さ、これでいいですか――！」

「その呼び方やめてって言ったでしょ！」

職人風のごつい男性陣から「お嬢さん」と呼ばれ、萌香は慌てて両手を振った。

「もしかして、先輩のおうち、会社か何かやってるんですか？」

後輩の一人が、どんどんと進んでいく工事を眺めながら尋ねる。

「う、うん……お父さんが工務店で、おじさんとこも看板作りとかいろいろやってて……」

「すごい、萌香って社長令嬢なんだ。職人一家なんだね。わざわざ来てもらってホントありがたいよ」

星はお礼を言った。片付けをしただけでも練習には十分だったが、まさかこんな形で工事までしてもらえるなんて思わなかった。

「あーんやめてよぉー！　いかつい家だから内緒にしてたのに！」

「いいじゃん、カッコイイよ、萌香。家業なんだから誇り持ちなって」

カンナがそう言ったとき、新たな荷物が運び込まれる。

「頼まれてたマーカー類、置いときます。お嬢さん」

ひときわ顔の怖い職人がそう言って、段ボール箱を一つ床に置いた。

『萌香ちゃんへ。頼まれてた物だよ♪　部活頑張ってね　パパより♡』

箱のてっぺんに、達筆な筆ペンでそう書いてあった。

「萌香んちのおじさんたち、萌香のこと溺愛《できあい》してんだよ。頼まれるとどこにでも若い衆を派遣してくれるし、材料費も工事費も無料だって。愛だよ愛」

「もー、内緒だったのに」

「いいお父さんだよ。内緒にすることないってホント」

「パパ可愛《かわい》くないから。すっごい顔怖いし。一緒に歩くと周りの人が避けるの。恥ずかしいんだもん」

「……先輩、親って普通可愛いとかそういうものじゃなくないですか……？」

里穂が至極《しごく》まっとうなことを言った。

「ねえちょっと離れたとこから見てみてくんない？」

綺麗になった壁に、カンナがスプレーとペンキで絵を描いている。

ツナギに脚立《きやたつ》に、防塵《ぼうじん》マスク。地下鉄に落書きをするギャングみたいな姿がよく似合ってしまう。

「すごい！　こんなの描けちゃうんだ！」

星は素直に感動していた。

銃で散らしたようにいろんな色が載せられていて、カラフルで気分が上がる。

反対側の壁では、萌香と一年生がグラフィティ用のマーカーを使ってウサギやら人魚やら、思い思いのマスコットキャラを描いている。詩も牙をむいたパンダの絵を描いていた。

「詩先輩のパンダ、怒ったら人とか食べそう」

「食べない。こいつは優しいから」

秋には完全に塗りこめられてしまうけど、それまでは落書きしてもいいよ、とシノブも言ってくれた。ペンキやらスプレーやらマーカーやら、萌香パパがいろいろと差し入れてくれていた。

「ねえ、どうせ消えるんだし、こっそり書いちゃおっか」

二年生の一人が、まだ何も書かれていない部分を指さしてそう提案した。

「いいですね。秘密のメッセージ。好きな人の名前とか？」

「そんなのいないよ！『ダンス部最強』とか……思い切って『全国制覇《せいは》』とか？」

「それは目標が高すぎる！」

「いいよ書くだけならタダだもん。どうせ見えないし、書いちゃえ」

なんて言いながら、みんなであれこれ好き勝手にスタジオの壁に落書きをした。

プロの手で鏡と照明がつけられたことにより、機能面でももう普通のスタジオと変わりない。期間限定ではあるけど、十分すぎるくらいの練習場所だった。

「かんせーい！」

「写真撮ろ、写真」

自分たちで作り上げた場所という気がして、悪くなかった。

「これで明日から練習できますね」

床で輪になって一休みする。みんな充実した顔をしていた。

「そうだ星。来週か再来週のどこかで、ダンス部の映像撮りたいって、おじいちゃんが」

ひと心地ついたところで紗枝が言う。

「映像？」

「うん。学校のサイトに、新入生募集の動画が載るんだけど、部活の練習風景を編集したやつをつくりたいんだって。ダンスしてるとこを撮って提出するように学校から言われてるみたい。十分くらいなら中庭の噴水のとこで撮ってもいいって」

「そうなんだ。せっかく完成に近づいてきたし、大会の曲で踊ってるとこがいいよね」

星は答える。中庭の噴水は日当たりのいい場所にあって、晴れた日には虹が出たりもする、学校の中でも有数の「映え」スポットだ。

あそこで、徐々にまとまってきたダンスを撮影したら楽しいし……生徒会長の見る目もちょっとは変わるかもしれない。

「よし、じゃ撮影日まで練習頑張ろうね、せっかくスタジオもできたし」

明るく言うと「はい！」と気合の入った返事が返ってきた。

「はぁ、はぁ……」

六月初めの朝。

星は相変わらず、学校へ続く坂道を自転車で上っていた。

梅雨《つゆ》の晴れ間の晴天、空気は少し蒸しているけど久しぶりの日光というだけでなんとなく気持ちがいい。

「おはよう！」

「おはよ！　ねえ星――！　最近ダンス部見かけないけど何してんの―？」

徒歩の友達が背中から声をかけてくる。

「校外で練習してる！」

そう答えて、ペダルを踏みこんだ。

「今日は中庭で踊るかも！」

場所も確保できたので、星たちは練習を再開していた。

五月から六月、ダンスはだいぶ、まとまってきたと思う。

今日はホームページに載せる、学校紹介の動画の撮影の日だ。

ネットに顔が出ても大丈夫な子だけで、二分くらい踊ることになっていた。

映像は、生徒会とは関係なく、顧問《こもん》のおじいちゃんが撮って、直接学校に提出する。

「うまくいくといいな……」

足元に力を入れて、坂道の一番きつい所を上る。

息を大きく吐き出しながら、ぐいっと上り切ったので、今日もいいことがある気がした。

Side 詩《うた》

詩はもともとあまり「してやったり」という気分になることがない。

上手《うま》く歌えればうれしい。

その結果として認められたら、もっと嬉しい。

たくさんの人の前で歌えるようになったら、もっともっと嬉しいと思う。

そういうシンプルな気持ちが第一で、他人に勝ちたいとか誰かを悔《くや》しがらせたいとか、その手の動機では歌ったり踊ったりしない。

しかし今日に限ってはちょっと「してやったり」感があった。

噴水広場に、拍手が響いている。

学校のＰＲ動画の撮影のため、いつもは通行が多くて使えない中庭を特別に貸してもらった。

「あー、すまん、今の撮れてなかったわ、もう一回」

「ええー！　またですかぁ？」

機械にうといおじいちゃん顧問は、そんな感じで三回ほど撮影に失敗した。

それが幸いして……というかなんというか、少しずつギャラリーが集まってきた。

何してんの？　ダンス部の動画撮影だって。おじいちゃんスマホ使えないんだって。そんな会話がぽつぽつ交わされて、それを聞いて足を止める生徒も増えて、今やちょっとしたライブ会場のようになっている。

「センセー真面目《まじめ》に撮ろうよー。俺代わろうか？　絶対俺が撮った方が早いって」

「いかん。それはダメ」

ケラケラと笑う男子生徒に茶化されて、おじいちゃんはちょっと意地になった。

「先生。撮影は十五分程度の約束ですよね」

わざわざチェックを入れに来た薫子先輩が、苦い顔で文句を言う。

本当は撮影自体辞めさせたいのだろうが、さすがに生徒会長も、学校からの正式な頼みごとには口を出せないらしい。現場はこんなに盛り上がっているわけだし。

「すまんすまん、ほい。じゃ最後～」

なんて気の抜けた合図で踊り始めた、四回目。

今日で一番いい出来だった。

ダンス部にとっては、四月の新歓以来久しぶりのパフォーマンスの機会。

里穂以外の一年生は、人前で踊ること自体はじめての経験だ。

でも間近で同学年の友達が拍手してくれるので、いい具合に緊張がほぐれていた。

「あっ、虹！」

誰かが叫んで指をさす。

視界の端、噴水の細かなしぶきの中に、確かに一瞬だけ、淡くにじんだ虹が見えた。

集まったギャラリーが、おおー、と歓声を上げる。

「最近ダンス部いないと思ってたけど上手くなったじゃん」

「今年の新歓のときよか全然上手い。どっかで練習してんの？　なんかちゃんとした部になったって感じ」

「どしたん星――、すごい上手くなってるよー」

そんな声が聞こえてきた。

五月までは敷地の外れの図書室前で練習していたので、この二か月あまりの成果を部外者は知らない。

上手くなった、と言ってもらえると「やったね」「そうでしょ」という気分になる。

何せ、自分たちで作ったスタジオで、めちゃくちゃ練習したのだから。

「先生、今度こそ撮れました？」

「バッチリばっちり」

やっと撮影に成功したおじいちゃんにも大きな拍手が起こった。

みんな楽しそうに笑っている。そしてそれを見た薫子先輩には、隠し切れない苛立《いらだ》ちが浮かんでいた。

それを見て正直、ちょっとだけ、スッとした。

同時に安心する。さすがに、きちんと活動の実態がある部ならあまり長い間冷遇もできないだろう。

ダンスが上達したという事実は、ここにいるギャラリーが証明してくれる。

夏の大会にも出るわけだし、スタジオが使えなくなる二学期は校内で練習ができるんじゃないかな、と思った。

Side 星《あかり》

星は相変わらず実力のある部員にはかなわないが、頑張って練習をしている。

全《まった》く進歩のない日もあるけど、それでも着々と完成に近づきつつあった。

昨日より今日の方がよく踊れている、と思う日が、少しずつ増えている。

「ああー……疲れた……」

ただ、全身に疲労をため込みがちなのが、最近の悩みだった。

全身を使うダンスをキッチリとフルで踊ると、かなり体力を消耗《しょうもう》する。

大会の会場は大型ホールだから、学校の体育館のステージよりも広さがある。

そこをフルに使ってダイナミックに展開するわけだから、たった数分でもなかなかハードな演目だった。

(やっぱ体力……もっとつけなきゃ……)

そう思っていたある日、帰りの電車で、暁津高校の子と一緒になった。

星があこがれていた「AKITSU dance club」の真っ赤なTシャツを着ているのですぐわかる。

暁津と秀瑛とは使う路線が違うはずだけど、どこかの練習場所でも借りたんだろうか。

最近、暁津ダンス部の活動に密着したローカルのテレビ番組を偶然見た。

ダンス部を目当てに入ってくる新入生が毎年百人近く。

入部の段階で四十人ほどに絞《しぼ》り、さらに大会やイベントの度に主力として選抜されていく。

大きなステージに立てるのは、希望者の二割程度だという。

選考に漏《も》れた子たちがぽろりとこぼす涙や、主将にかかるプレッシャー。

それらが丹念に取材してあるドキュメントだったので、すっかり感情移入してしまった。

とはいえ、やっぱり暁津のダンス部は、手の届かない存在だった。

新入生の入部選考の中には基礎体力や持久力という項目もあった。

星は小学校でも中学校でも、これといってスポーツはしていない。

自分がこの高校に受かっていたら、ダンス部に入ることすらできなかったと思う。

そう思ったら、急に怖くなった。

もちろん秀瑛で部を作るのだってそれなりに大変だったし、今のメンバーで踊れて良かったとは思っている。

だけど自分が、何かとても楽をしているような……言うなれば、前にスタートラインを引いてもらったような気になってしまった。

暁津高校のダンスは一糸《いっし》乱れず精密に揃《そろ》っていて、一曲踊り切っても誰ひとりバテていない。

　ここぞというときに足元がふらついたり、自分だけ明らかに辛《つら》そうに肩で息をついていたり、そういうのは周りを心配させるし、何よりシンプルに、カッコ悪いことなんだ。

（よし……やっぱり基本に立ち返って、基礎体力作り、頑張ってみよう）

　そう思ってさっそく、乗っていた電車を降りた。いつもより、一駅早く。

　以来、一駅か二駅分、毎日帰りに走り込むことが日課に加わった。

　重たい教科書やノートの入ったカバンを背負って、一定の速度を保つのはかなり疲れる。それでも耐えて走った。

「ここで後ろにターン……えいっ」

　走りながら、今日の練習内容を復習してしまう。

　傍《はた》から見たらちょっと……いやかなり危ない人だけど、もう周囲は暗いし誰も見てない。

　最近は道を歩いていて突然、振付をおさらいしたくなったり、好きな歌を口ずさんだりすることがある。

「なんか降りてる」とか「取りついてる」なんてからかわれたりもするけど、でも毎日、本当に楽しかった。

　ベッドに入ると、ぷつんと糸が切れるように意識を手放してしまうけど。

　授業の三時間目から疲れて寝てたりすることもあるけど。

それもきっと、充実の証《あかし》に決まっている。

毎日頑張ってるんだから。ダンスだって仕上がってきたんだから。

そう思いこむようにしていた。


「おい、星」

サッカー部も最近は忙しいみたいで、星が庭で踊っていても陸斗はあまり窓から顔を出さなくなっていた。

「なんかお前、危なっかしいぞ」

数日ぶりにガラッとガラス戸が開いたと思えば、いきなりこんなことを言う。

「危なっかしいってなに」

「わからん。でも道の真ん中でバタンと転びそうに見える」

「転んだりしないよ」

「どうだか。子供の頃、転ばないもん！　って言った次の瞬間よく転んでただろ」

「……陸斗って、そういうことばっかり覚えてるんだね」

「あれは忘れられない。転ばないもん、の『も』あたりでべしゃっと顔から水たまりに突っ込んだ。そういえばあれも梅雨時《つゆどき》だったっけ」

「あったね……そんなことも……私大泣きしたんだっけ、泥だらけで……」

ああもう、思い出してきた。

「あんときは困った。駆け付けてきた親にどうしたのって聞かれて、星が勝手に転んだともビミョーに言いづらくて、なんか黙ってたらなんかしたのアンタ、とか言われるし」

「………ごめんってば。とんだ濡れ衣《ぬれぎぬ》で」

でも、と星は言葉をついだ。

「私ね、あの頃よりは強くなったと思う」

泣きたい気分の時でも、すぐには泣かなくなった。

「合宿でさ。後輩の子といろいろあったんだけど。でもどうにか持ち直したし、どうにかやってる。どうにかやってるだけなんだけど、でも楽しい」

「えらいな。お前のそういうとこ、すげーと思うよ」

低く一言で言い切る陸斗の褒め方は、飾りがなくストレートだった。

何が、とか、どうして、とかいちいち聞かない。

星のいうことを、大体いつも、そのままで受け取ってくれる。

「最近、ランニングもはじめたんだ」

「へー、どっかの公園とか?」

「ううん。一つ手前の駅で電車を降りて、家まで走ってる。疲れてても、絶対一駅は走るって決めたんだ」

心のどこかで、期待していた。

お前も頑張ってんだな、陸斗がそんな風に言ってくれるんじゃないかと。

だけど彼の反応は、予想を裏切って、冷たいものだった。

「それ、あんまりよくないぞ」

「え？　どうして？」

「ランニングっていうけど、それランニングになってない。ただ意味なく走ってるだけだと思う」

「……」

確かに、走り込みに関する正しい知識はほとんどなかった。

「星最近、かなり遅くまで起きてる？」

「え」

「別にのぞいたわけじゃない。夜中にトイレ行った時に見えたんだよ。二時前くらいに電気がついてた」

図星だった。夕食後に庭で練習をして、疲れをとるためにも長めにお風呂に入って。

ダンス動画を見たり教本を読んだりするような時間もとって。

必要があれば、LINEで紗枝と少し打ち合わせのようなやり取りをして。

それから勉強をしている。成績も落とすわけにはいかないからだ。

「ごめん。さっき言ったこと秒でひっくり返すけどさ。おまえ、えらくないと思う」

「なに、突然……」

「全然えらくない」

とつぜん正反対の意見をぶつけてくる陸斗の顔は、あくまで真剣だった。

「部活でたっぷり練習した後、教科書で膨《ふく》らんだカバン背負ってコンクリの上走るなんて、足に負担がかかる。おまけにそのあと家でも練習するとか、完全にオーバーワークだよ。うちの一年がやってたらコーチが説教してやめさせると思う。星もやめとけ」

そんな、と思った。

陸斗が何かについて苦言を呈するとき、それは誉め言葉と同様に、ストレートだ。

他人の「人格」を否定しない、馬鹿にもしない陸斗だからこそ、彼がよくないと思う「行動」は、本当に間違ったものであることが多い。

悪気がないのは分かっていても、そのきっぱりとした言い方は心の一番衝《つ》かれたくないところを衝く。

よかれと思ってやっていることならば、なおさらに。

「だって……そうでもしないとみんなに追いつけない」

ちくりと苛立《いらだ》ちが芽生《めば》えた。

それは陸斗に対してでもあるし、何よりも自分に対してだった。

周りを見回して目に入るのは、自分よりできる子ばかりだ。

星よりダンスの上手い紗枝は成績のほうも大分上位にいる。

詩は少しずつ本格化している芸能活動と部活を上手く両立していた。

カンナはいつも綺麗《きれい》にネイルを塗っていて、萌香は早起きしてふわふわに髪を巻いてくる。オシャレに手を抜かないのだって、すごいことだと思う。自分にはどれも上手くできない。

「追いつくより先にぶっ壊れたら意味がない」

「……」

分かっている。陸斗は優しいから言う。こういうことを。

陸斗だけじゃない。紗枝だってそうだ。

たとえば紗枝は部誌を付けるとき、いつも「いいよ、このくらい」と言ってくれる。

何も星がもたれすぎているわけではない、と思う。

紗枝にとっては本当に、このくらい、のことだ。その一言で、なんでも本当にこなしてしまうから。けれど、それにまったく応えないわけにはいかない。何かでお返しをしたい。

だからせめて上手くなりたい。体力をつけたい。練習で足を引っ張らないように。

コーチの言うことが一回でスッと理解できるように、身体《からだ》で表現できるように。動画を見たり、本を読んだり、表現の研究みたいなこともしておきたい。

ただそう思っているだけなのに。

頑張りすぎるって、悪いことなの？

星――、もうお風呂入りなさい、と家の中から母の声がした。

「陸斗には、わかんないよ」

ぼそっと呟《つぶや》いて、背を向け、家に入る。

耳の先を夜の風がかすめていった。夏の初めのぬるい風だったけど、汗ばんだ身体が一気に冷えたようで、気持ちが悪かった。


「あーあーあーあー……」

悪いことは続くものだ。

数日後、テストで三教科ほど、散々な点数をとった。

特には重要なものじゃない。期末試験の範囲を軽くさらう小テストだ。

だけど、全然……本当に全《まった》くできていなかった。

新しく習った公式や単語が頭に入っていないのはもちろん、普段なら絶対に間違えない基礎問題でも凡ミスして。

どこもかしこも、泣きたくなるような数のバツがついている。いざというときに頭が働いてくれない。これは多分、寝不足なのだ。

「明らかにオーバーワーク」という陸斗の言葉を思い出した。

彼の言うとおりだ。頑張って勉強しても何も結果につながっていない。

(もー……なんで私ってこうなんだろ)

がっくりと肩を落としながら、廊下《ろうか》を歩いていた。

今日は部活は休みだ。

図書室で勉強でもしようかな、でもまた詰め込みになって身につかなかったら意味がない。

少し休もうか。何もしない時間も大切なはず。

だけどそれも却《かえ》って落ち着かない気がしてしまう。自分はどうしたらいいんだろう。

感情の天秤《てんびん》がぎしぎしと右にも左にも揺れている。

廊下を行きかうクラスメイトが楽しそうに笑っていて、無意識にいいなぁ、と思ってしまう。

こういう気分に捕らわれていたくない。とにかく校舎を出て、歩きながら考えよう。

と思ったとき、スマホが震えたので足を止める。

陸斗からLINEが来ていた。いつものように同じ学校にいるし、隣の家に帰るけど、今日は校内でも通学列車でもお互い微妙に避けていた。

『昨日余計なこと言ってごめん。でも撤回《てっかい》はしねーから』

陸斗は謝り方もチャキッとしている。ボールでも投げるみたいにまっすぐだ。

いつもなら二人の喧嘩《けんか》は、この辺りで終わる。

ちょっと言い争って、ちょっと避けて。まあもちろん、長引くこともありはする。だけど二人とも絶対なあなあにしない。

必ずどちらかが「謝る」という行動には出る。こうしてみると自分たちはよく似ているのかもしれない。ふと、自分と陸斗が一緒にダンスをしたらどんなふうになるのだろう、と思った。

そんなことを考えている場合じゃない。返事だ、返事。

『私だって撤回しない』

陸斗の言うことは結果的に正しかった。

悲しいかな、カバンの中のテストの点数がこれ以上なくはっきりと証明している。

だからって、すぐに「いいよ」とか「私も間違ってた」と返せるような気分でもなかった。

『お前って本当ガンコ』

『そっちこそ』

するとまたスマホが振動する。今度は通話だった。

同じ校内にいるのになんで電話？　と思いつつ、LINEには返事をした手前、無視しづらいので出ることにする。しかし「はい」というのも癪《しゃく》なので、無言でだ。

「………」

『……おい』

「………ハイ」

スレた感じの不愛想な声で応じる。完全に意地を張っていた。

『ハイじゃねえよハイじゃ。似合ってもない声出すな』

「……なに」

『死にそうな顔で歩いてんのがジョグの最中に見えたんだよ』

何の前置きもなく彼は言った。サッカー部のウォームアップをしていたら、星を見かけた、ということらしい。赤点に落ち込む自分の姿を勝手に見ないでほしかった。

「走ってる最中に二階の廊下が見えたの？　練習戻んないと怒られるよ」

『うっせーな休憩中だよ。何、もう帰んの。無理してまで走んなよ』

「……それは、分かった。今日はやめるよ」

走れるような元気は身体に残っていなかった。

『それは、ってなんだよ……あーもう』

陸斗が途方に暮れたような声を出す。

伝えたいことがあるがうまく言葉にならない時、彼はこんな風に渋い声音《こわね》になる。ばさばさと髪を乱しながら、体育館の隅でヤンキー座りをしてぶつくさ言う姿まで想像できてしまった。

彼は別に星を責めたてたいわけではない。

オーバーワークになっている現状を、ただ心配しているだけだ。

「ねえ陸斗。私のやってることって間違ってるのかな」

ぽつんと、問いかけていた。

『間違ってはない』

陸斗は即答する。ピンと糸でも張ったような声だった。

『基礎体力は何やるにしても大切だ。だからちゃんと、最低限自分にダメージを与えないやり方を選べって言ってる』

やり方、と口の中で繰り返した。

『ダンス部のコーチってフィジカルトレーニングできるんだろ？　ちゃんと相談しろ。よく知らないけど、そういうことの相談、乗ってくれそうな人じゃん』

命令口調だしぶっきらぼうだけど、きちんと言葉を探しながら必要なことを告げてくる。

「うん」

と今度は素直に言えた。大事なのはやり方だ、というのは納得ができたからだ。

ぴりっと少しだけ、ふくらはぎが痛んだ。

確かに知らないうちに少しずつ、身体《からだ》には負荷がかかっている。

入浴とかマッサージだけでは取れない、ささやかに、だけど完全には流れにくい疲れ。身体の奥底にへばりついたそれらをいったんリセットするには、きっと何もしない時間がまとまった量、必要なのだと思う。

体力づくりは引き続き課題にする。

だけどとにかく今日は、頭にも身体にも、何かの「しなきゃいけないこと」を与えるのはやめよう。

と思って階段を下りていると、またふくらはぎが痛んだ。

今度は違和感程度の、ぴりというものではなく、もう少し大きい。

いたい、とはっきり思って、反射的に逆の左足で踏ん張ろうとした。

だけどそこには、あるはずの床がなかった。

とっさに手すりを摑《つか》んだので、まっさかさまに転がり落ちることだけは免れた。

だけど、身体が思い切り、前につんのめる。

「あっ」

間抜けな声が、他人の声みたいに聞こえた。

星の身体は、階段の中ほどからふわりと落っこちていた。

真上から階段を見下ろしているような、絶対に見えちゃいけない角度の風景が目の前に一瞬、見えた。

ぎゅっと目を閉じる。

一瞬後に、痛みと衝撃がきた。

だけどそれは、予想していたほどではない。

「詩！」

星をかばう形で、詩が倒れていた。

自分の身体が完全に下敷きにしている。

嘘、とかすれた声が漏《も》れた。

落ちた星をかばって、詩が受け止めようとしてくれた？

「あ、いたっ！」

すぐに立ち上がろうとした詩の顔が思い切り歪んだ。

そのままもう一度座りこむ。

「……立てない。足首痛めたかも」

さあっと、顔から血の気が引いた。

『おい、どうした?』

通話の状態になったスマホから、陸斗のいぶかしむ声が聞こえる。おい星? と呼ぶ声が、どんどん大きくなる。

誰か階段から落ちたよ、ねえ先生呼んで!

知らない誰かのそんな声や、こちらバタバタと駆け寄ってくる複数の足音も、聞こえる。

だけど聞こえるというだけだ。それが声として、音として認識されない。

星の頭には、嘘、とか、私のせい、とかそんな言葉ばかりがひしめいていて、それ以外のものはしばらく入る余裕なんてなさそうだった。


その後は、やってきた教師が詩を抱えて保健室に連れていった。

打った足首は氷やスプレーで冷やしはしたものの、見る間に腫《は》れてきたので、すぐに先生の車で病院に行くことになった。

付き添いたいですと言ったけどそれは許してもらえず、そればかりか詩にも「大丈夫。

星すごい顔してるから帰って休んで」と気づかわれてしまう始末だった。

きっと詩は、星の目があるところでは痛がったり症状を伝えたりしにくい。だから自分は一緒にいちゃいけない。

ぎゅっと一つ手を握って、その場を辞してきた。

部活の休憩中だった陸斗がかけつけて「送るか？」と言ってくれたけど、さすがにそれは断った。サッカー部だって夏季大会を控えた大切な時期だ。

そこまで迷惑をかけたら、自分で自分が許せない。

「ごめん。電話なんてしなけりゃよかった」と陸斗はひどく気にしていたけど、陸斗が電話をしてきた原因は、星が気落ちした顔で歩いていたことだ。つまり自分が悪い。

地の底まで落ち込んだような気持ちで家に帰りつき、祈るような気持ちで詩からの連絡を待っていた。

何もする気になんかなれない。布団をかぶってじっとしていた。

全《すべ》ての感情をシャットアウトしてダンスの練習をしようとしたけど、身体を動かすこともおっくうだった。

自分のせいで詩があんなことになったのに、とても詩の曲では踊れないし、何より集中しすぎてもできなくても、また転びそうな気がした。

はからずも「一度しっかり休め」という陸斗の言葉を守る形になった。

十時を過ぎた頃に、詩からLINEが来た。

『病院終わった』

『打ち身とねんざだって』

『学校内の事故だしなんか保険？　とかきくし、気にしないでって、うちの親も』

本当はすぐに電話をかけて、声を聞きたい。

だけど隣の部屋、壁のすぐ向こうで姉が寝ている。大きな声は出せない。

もどかしさにじりじりしながら、誤字だらけのメッセージを送った。

『たいだしょうぶ？　痛くない？』

『痛み止め打ってもらったから今は平気。ちゃんと安静にしてたら三週間くらいですっきり治るって。後遺症も残らないし、ごく簡単なリハビリするくらいで大丈夫って』

『そっかぁ……』

『ほんとに、ふつーの怪我《けが》』

『でもさ、痛かったよね』

『痛かったけど、うーん、ほんとに、今は平気』

『良かった……本当にごめんね』

指先を動かしながら、そっくりそのまま『良かった』と声を漏らしていた。

真っ暗な部屋に、喉《のど》から絞《しぼ》り出すような声が響く。

最悪の展開も想像していたのだ。
もしも詩が歩けなくなったら。
耐えられないような苦痛に晒《さら》されていたら。
治るのに何年もかかるようなことがあったら。
『だけど来月のダンスは大事を取って休めって言われた』
『そうなんだ……うん、わかった』
できるだけ平静を装《よそお》ったつもりだった。
詩が大会に出られない。
自分がそれについて、失望を見せてはいけない。
そんなことをしていい立場じゃない。
だけど多分、完全には装えていなかったと思う。
証拠のように、その後打ったメッセージは意味が通らないくらい誤字だらけになった。
布団の中にいるからというだけじゃなく、星の視界は真っ暗だった。
月も星もない空みたいな、本物の黒。

Side 詩《うた》

一晩落ち込んだら、吹っ切れた。
大会に出られないのはつらい。だけど泣いても足は治らない。
足は正直、痛み止めが切れるとズキズキする。これは生きてるから仕方ない。
そして自分はそのことをさほどうまくは隠せない。痛い時は顔にも出すと思う。
だからこそ、星には伝えておこうと思った。
つらいけど、怒ってない。
悲しかったけど、今は平気。
いつものようにぱちりと目覚めて、ベッドの上で制服に着替える。
窓の外では大粒の雨が降っていた。

side 星《あかり》

西校舎と東校舎への道が交わる遊歩道で、詩を待っていた。

「あっ！」

ゆっくりと、制服姿の詩が歩いてくる。

足首に包帯が巻かれ、身体《からだ》の横に、黒い松葉づえをついていた。

覚悟はしていたけれど、いざ目《ま》の当たりにすると一瞬、言葉を失った。

小雨に打たれている姿にいてもたってもいられなくなり、駆け寄って自分の傘をさす。

「おはよう」

詩はいつもと変わらない口調で言った。

「星、これカーボンなんだって。すっごい軽い」

ぶんぶんと、怪我した方とは逆の手で松葉づえを軽く振る。

「意外と楽しい」

まるで何事もなかったような様子だった。

こういう状況で自分に与えられた補助具を、この状況でも一応気に入ってる、そういう様子に、見えなくもなかった。

（ううん。それは絶対に違う。そんなはずない）

いくら詩が好奇心旺盛《おうせい》でも、前向きな性格だったとしても。

わずか半日程度で松葉づえ生活を楽しいなんて思えるはずがなかった。

痛いし、不便だし、思うように移動できなくてイライラすることだってたくさんあるはずに決まっている。十数日限定とはいえ、その負担は決して軽くはない。

詩がダンスの大会に出られなくなる。詩と一緒に、踊れなくなる。

そのことを……そのこと「ばかり」を昨日はやるせなく思っていた。

だけど、こうして学校のいつもの風景の中にいる詩を見て、改めてずっしりと、痛感した。

自分の不注意で詩から奪ったものは、思っていたよりもずっと、重い。

謝らなきゃ、と思う。

重たく落ちそうになる口の端をどうにか鼓舞して、ふるりと口を開こうとした。

ごめんね。そう言うつもりが、しかしほんの一瞬早く、先んじてくぎを刺されてしまう。

「もう謝るの禁止」

「きんし？」

「昨日謝ってもらったし。私が平気なのに、星が平気じゃないの、なんか変」

なんか変と言われても、事実まったく平気なんかじゃないし、それが当たり前だと思う。

だけど。

「うん」

分かったよ、と答えて、無理にでも小さく笑った。詩が謝ってほしくないというのなら、そのとおりにしようと思った。

謝った方が、きっと自分は楽になれる。

償えはしないとしても、心のどこかが軽くなる。

でもそれをしたいのはスッキリしたい自分のためでもある。もう人に甘えない。何もかも全部変わるのは無理でも、起こったことは受け入れようと思った。


その日の放課後のミーティングに詩の姿はなかった。

授業が終わると、病院に行ってしまった。

骨には異状がないけど、念のため詳しい検査もすることになったらしい。

教室には重い空気が立ち込めている。

「……栗原の件は、残念だ。せっかくみんなで頑張ってきたのにな」

コーチの声も沈んでいる。

「みんなにまで迷惑かけてごめん」

星はただうなだれるしかない。詩本人には『謝るの禁止』と言われたが、さすがに部員たちの混乱を思うと、謝るなと言われても無理な場面だった。

大会までとっくに一か月を切っている。

高校生の鬼門、期末テストだって控えているけど、うまく勉強と両立しながら、がんがん完成度を上げていこうね、と気分を高めあっていた。

新設の部から追試者を出しまくるわけにはいかないし、ということでつい最近も、部活が休みの日にファミレスで勉強会をした。

何もかもしっくりハマってきたような気がしていた、まさにその矢先の出来事だ。

「先生。詩が抜けたらダンスのポジション……どうするんですか」

ためらいまじりに紗枝がたずねた。

そうだな、とコーチはそこで言葉を切る。

「星に踊らせようかと思ってる」

出てきた名前が自分のものだと意識できるまでに少しの時間が必要だった。

「……私……？」

ホケッとした声とともに顔を上げる。

「え、星先輩……？」

いつもはコーチの指示を守る部員たちが、そろって怪訝《けげん》な顔をする。

あたりまえのように「なぜ」という疑問の空気だった。

星の実力は詩よりも数段、低い。

見せ場の多い詩のポジションを任されるのは不自然だった。

「先生」

しばらくの沈黙の後、里穂が一歩進みでていった。

「どうしてですか。説明してほしいです」

里穂の声は、真剣だった。

「星に向いたポジションだと思うからだよ。曲を一番理解してるのは星だ」

(そんなことない！　絶対ない！)

今回の振付において、一番目立つポジションは詩、ついで里穂と紗枝だ。

詩が踊れなくなってしまったのなら、里穂と紗枝をツートップのような形で据えてフォーメーションを組みなおせばいいはず。

視線を集める度合いでも、求められるテクニックの高さでも、詩のポジションをそのままというのは、星には荷が重すぎる。絶対に無理だ。みんなだって、きちんと実力があって、舞台度胸があるメンバーを任命してほしいに決まっている。

里穂がコーチを真っすぐ見て口を開く。

「私、合宿では星先輩にもっと頑張ってほしいって、きついこと言いました。あれ、今はすごく反省してるんです。前回はいろんなことが、ちゃんと分かってませんでした。でも今は、あの時とは違います。ちゃんと分かってるから言うんです。時間もない。他の子の方がいいです」

「先生。今回は里穂の言うとおりだと思います」

そう言って里穂に同調したのは、紗枝だった。

「上手《うま》いとか下手《へた》とかで言うんじゃない。今、星は最大限頑張ってます。詩のことでも落ち込んでます。コーチの提案は、逆に星を追い詰めると思います」

「星の抜擢《ばってき》は止めた方がいいと思うか?」

「思います。これは里穂じゃなくて、副部長の私が言うべきことだと思う。だから言ってます」

紗枝は迷いのない口調で続ける。

「私は、星がダンスを楽しんでる姿が好きです。好きだなと思えなくなるラインを越えたら意味ない。もうこれ以上メンバーが抜けるのも嫌です。副部長としても、星の友人としても、賛成できません」

「あたしも正直そう思うわー」

「えっと、私も……」

カンナと萌香が言った。

一年生たちも控えめに、しかし頷《うなず》きや視線にのった色合いで同意する。

星は、うつむかなかった。

部員たちの言うことは間違ってない。

自分のふがいなさを実感してしまうし、まったく傷つかないということは、さすがにない。

だけどそこから逃げてはいけない。

詩の怪我《けが》をみて、今ある現実をしっかり受け止めようと思ったから。

それも理由の一つである。

何よりも、悪者を買って出ている形の紗枝の心境を、どうしても慮《おもんぱか》ってしまう。

中一で知り合ったとき、紗枝は子供のころからやっていたバレエに疲れていた……と、思う。

毎日の練習量、体重管理、曲想の理解、数ミリ単位の身のこなしや、コンクールの成績。

ありとあらゆるものを競わせる方針のバレエスタジオだったと、のちに知った。

受験期に入った時「バレエはいったん休む」といって、パタリと距離を置いた。

それまでの努力を思えば本当に潔《いさぎよ》すぎるほどの引き際だった。

『好きだなと思えなくなるラインを越えたら意味ない』

たった今発せられたそれは、きっと紗枝の本心だ。

きっと、星にダンスを嫌いになってほしくない一心で言っている。

「コーチ。私も無理だと思います」

自分の意志としてきちんと伝えるべきだと思って、星も口を開いた。

「みんなが言うからとか、逃げ腰だからで言うんじゃなくて……私、詩の歌を一番いい形でダンスにしたいんです。秀瑛のダンス部すごいなって思ってほしいんです。そのために必要なことって。私が前に出ることじゃないと思います。えっと。どんなにうちの部が楽しさ優先でも、ここは実力で選ぶべき場面です」

何か所かつっかえてしまって逃げたくなったけど、どうにか言葉を頭で組み立て、必死で口にした。

コーチは全《すべ》ての意見を咀嚼《そしやく》するように、あごに手をやってじっくりと考え込む。

「いや、これまで見てきた上での総合的な判断だ。詩のポジションは星でいく」

どうして、という空気がまた流れた。今度はさらに、濃く。

「今日は栗原のこともあって、みんな混乱してると思う。軽く練習して、解散にしよう。身体《からだ》に無理をかけてるな、と思ったやつはしっかり休むこと」

『コーチ。やっぱり無理です』

解散後すぐコーチにLINEを送ったのは、その真意が知りたかったからだ。

返信は即座に返ってきた。

『星、今時間あるか』

『はい。電車に乗るところです』

『良かった。じゃ円形広場に来て』

それきり、既読がつかなくなった。

広場に行ってみると、コーチは物思いにふけるような表情で、ベンチに座っていた。

「コーチ」

声をかけると座りなさい、というように、少し離れた場所をぽんぽんと叩かれる。

言われた通りに座ると、ベンチはひんやりと冷たかった。

今日は歌やダンスのパフォーマーはいない。

ぱらぱらと数組が、個人的な練習をしている。

中には十歳ほどと思われる男の子の姿もあった。ぶかぶかのスウェットで精一杯背伸びしたような恰好《かっこう》をしているけど、すぐ近くのベンチには母親らしい女性が付き添っている。

チビッコって可愛《かわい》いな、とほんの少し微笑《ほほえ》ましい気分になった。

懐かしそうに目を細めて、コーチが言う。

「ここ、俺も学生の頃練習に使ってた広場なんだ」

「そうなんですか？」

「ああ。十五年くらい前かな、今でこそライブもいろいろ盛んだし、正式なパフォーマンスは選ばれた人間しかできない聖地みたいになってるけど。俺のいたころはもっとなんでもありな場所だったっけ」

十五年前。星たちがまだヨチヨチ歩きをしていたような頃だ。

「一応大学生だったから、深夜になってもすぐに帰れって怒られるわけじゃないんだけど。でもしょっちゅう怒られたよ。警官に風紀が乱れるから踊るなって言われて、俺たちは風紀なんか乱さない！　って食って掛かったり」

「コーチそんなことしてたんですか？」

ぜんぜん想像ができなかった。

「必死だったんだ。ダンスは大学で始めたから。ほとんど独学だったし」

スマホを取り出して、するすると指で何かのフォルダを探り。一枚の写真を見せる。

紙にプリントしたものを撮影したらしく、少し色みが古かった。

数人の若者がカメラに向かってピースサインをしていた。

「うわチャラ！」

「星。言葉を選びなさい」

「す、すみません」

アッシュカラーに染められた髪、今より細い眉《まゆ》。唇を突き出したヤンチャな……というかガラの悪い笑い方。今とはまるで別人だ。

　言葉を選んで言うなら……やっぱりチャラい。

「まあ見た目のことはさておき、こんなふうに形から入るくらい、必死だったんだ。親からは学業の方を期待されてて、中高では生徒会長とかやってたし。なかなかストリートダンスがやりたいなんて言い出せなくて。大学には知り合いもいなかったから、いっちょ脱皮してみるかと思ってようやく踊り始めたら、まあそこで見事にハマって、友達とチームも組んで」

「いろいろ……意外です」

「仲間とはほとんど喧嘩《けんか》もしなかったんだけど、誰がどこのポジションで踊るかではたまにモメたな。みんな真剣だったから」

　ポジションと聞いて、星はふっと顔を上げる。

「星、俺のこと勝手だなと思ってる？」

「……」

　正直に言うと少しは……いやかなり思っている。

「やっぱ思ってるよなー。はは。正直でよろしい」

　コーチはすまなそうな響きも混ぜつつ、軽く笑った。

「でも俺も、勝手だなって思ったんだよ。最初」

「え?」

「去年、紗枝がコーチ頼んできたときだよ。バレエやめてから久しぶりに会って、高校でダンスをやることにしましたって言うから。いいじゃん新しい挑戦だな! って言ったのに、そこでいきなり『でもコーチがいないんです。先生やってください』ときたもんだ」

「……」

「友達がどうしてもやりたいって言ってるんです、学校で好きなダンスをどうにかやりたくて模索しているので力になりたい、って頼み込まれた。他人に無理を言うタイプの子じゃなかったから、驚いた」

「紗枝がそんなこと……」

「授業以外でほぼ未経験の子が部長で、友達が数人入ってくれる予定で、定年間近の顧問《こもん》が名前だけ貸してくれるけど、それ以外のことは未定だって聞いて、さすがに頭抱えたね。見切り発車すぎんだろ! って思わず言っちゃったよ」

「……そうですよね」

「でも、若いってのはいいことだなとも思ったね。秀瑛だけじゃない。どこの学校をコーチしててもそう思う」

あ、やべ、オッサンみたいなこと言っちゃった。まあいっか。

とくすくす笑いながら、不恰好なランニングマンを練習している子供に目をやる。

「ああいう子たちが一年か二年たったら別人みたいに上手《うま》くなるから。まあ楽しいんだよな。若い子のコーチって」

星は黙って、その言葉に耳を傾けていた。

「学校教育にダンスが取り入れられた頃、あちこちで突然需要《じゆよう》ができたから求められれば助《すけ》っ人《と》的に出かけて教えて……もちろん誰しもが簡単に受け入れてくれたわけじゃないけど、でも軽い運動として気負わずにやってくれる子も多かったし、好きな音楽を体育の授業で聞けるだけで学校が少し楽しみになるって子もいた」

「私も中学の授業でダンスの発表したとき、凄《すご》く、楽しかったです」

「最初から踊るのが好きだったか？」

「いえ。私どんくさいし音楽の授業でリズム感がないって怒られるくらいだから、本当に気が重かったです。でも友達がいろいろ教えてくれたし。簡単な曲でも踊りきるのは無理だなって最初は決めつけてたけど、やってみたらできるかな、って気になれたし、グループダンスがはじめて成功したときは、嬉しかったたし」

「そうだよな。俺もたまに思っちゃうんだよな。この子たちだったら出来るかな、って、それでたまに、ちょっと無茶な抜擢《ばつてき》などをすることがある」

するとがある、じゃさすがに困ると思った。

「だからって、困ります。先生。できるって言われても根拠が弱いです。なんでよりにもよって、私なんですか」

「カンかな」

「ひっどい！」

幾らなんでも、カン任せなんてあんまりだ。

星はつい、眉間《みけん》にぎゅっと力を入れる。

「カンを甘く見るもんじゃない。カンだって指導者の才能の一つだよ。経験があってはじめて働くカンだけどね。この子は伸びるな、ここはいいチームになるな。こういう振りを与えたら光るだろうな、楽しそうに踊るだろうな。いろいろと分かることがある」

「でもカンって言われたら不安になります！」

あっはっは、と朗《ほが》らかに笑った。

「大丈夫だよ。星は馬鹿みたいに高く飛ぶ。シンプルに跳んだ時の身体の伸びがいい。星にしか任せられない部分だってたくさんある」

「……そんな野生児みたいな特技だけでセンターに立てませんよ！」

「いいんだ。なにもかも予定調和のグループじゃつまらないから」

なんて頑固なコーチなんだ、と思い、ちょっとブスッとしてしまった。

「星、詩の代わりに踊るの嫌か」

「……荷が重いです」

「紗枝は、星がダンスを嫌いになったら意味ないって言ったけど、俺の意見は逆だな。星が一番、どんな時でもダンスを好きでいられるメンバーだと思う」

コーチはそう言って立ち上がり、スマホで小さく音楽をかけて、踊り始めた。

ドラムとベースの重低音だけの、ごくシンプルなリズムライン。

不意に入るボーカルに応えるように手がすっと宙に差し出される。機械仕掛けから生身へ、悲しみから喜びへ、縦横無尽《じゅうおうむじん》に天衣無縫《てんいむほう》にコーチは踊っていた。

「やっぱすごい……」

ほんの数秒で、広場の空気が変わった。

明らかに周囲から頭二つ分くらい抜けた実力に、練習中のダンサーが動きをとめて見入っていた。許可もなくスマホを向けられたので「それはやめて」と言うように手で×を作る。そんなとっさの動きが、MVみたいに様になっていた。

数分踊り終えていくつかの拍手を頂戴《ちょうだい》したあと、コーチは隣に戻ってきた。

「最近本業が忙しくて、自分で踊る方がご無沙汰《ぶさた》だったんだけど。やっぱり楽しいな」

「ご無沙汰であの動きですか⁉」

「あの曲は何千回と踊ったから、もう身体《からだ》にしっかりに刻み込まれてる。多分記憶喪失になっても踊れるんじゃないかな。大学の時に、アメリカにダンス留学してて、その時よく練習に使ってたんだよ」

「ダンス留学……すごい」

「すごいだろ。成績もよくないと選ばれないんだぞ」

「うっ！」

まさに成績で悩んでいる星は、顔がちょっと引きつる。

「大学チームの数人でさ。英語も得意だし、すごい日本人のチームが来るって噂《うわさ》にもなってたし、自信まんまんでいったんだけど、まああっちは本場だから実力はすごくて。最初にわりと鼻っ柱叩き折られてね。でもなにくそと思って奮起した。絶対とんでもない結果出して帰ろうって」

「ほんとに血気盛んだったんですね」

「うん。結果として米国で優勝できたし、そのころのメンバーとは今でも仲がいい。みんなそれなりに固いとこに就職したけど、最近また踊ろうかって話になったんだ。確かに大会では勝てることもあったけど、それぞれ個人的にはできないことやかなわない相手もいた。もう一回やってみようかって。あの頃とポジション逆にしたらまた新しい楽しさがあるんじゃないかとか、予定さえあれば大会出てもいいかなとか」

「なんだか……すごい。貪欲《どんよく》ですね」

「そりゃ夢は何歳になっても追っていいからね」

さらりとした、本当に力みのない言い方だった。

星はあまり「夢」という言葉を口にしたことがない。

楽しいことや好きなこと、目標や野望だってあるけれど、どれも夢とは違う気がしていた。

なんだかちょっと大げさな気もするし、自分なんかが言うのはおこがましい気もしていた。

でも夢って言葉、素直に使ったっていいんだな、とストンと胸に落ちた。

何も数年後じゃなくても。十数日後にかなうかもしれない夢だってある。

「星。一晩考えてみろ」

コーチの視線は、広場の方を向いていた。

「秀瑛のダンスには、他人にも踊ってみたいと思わせる力があると思う。たぶんそういう意味で、星が一番ハマる。本当に嫌なら無理強《むりじ》いはしない。だから真剣に考えた上で決めてほしい」

「……分かりました」

うなずきながら、その視線を追いかける。

さっきのコーチのダンスに触発されたのか、キッズダンサーが必死で真似《まね》をしていた。

きっとこんな風に、上手い誰かをなぞりながら、みんな上達していくんだろう。

翌日のミーティングは、全員が揃《そろ》った。

コーチも最初から来てくれたし、詩も忙しい中、松葉づえをついて来てくれる。

踊ることはできなくても、見ていてくれる。

こんな風に自分の決めたことを、自分の言葉で伝えなきゃいけない場面が、この春から何回もあった。そのたびに失敗ばかりしたけど、でも友達が増えたり、亀裂が入ったのが仲直りできたり、結果的にはいいことも沢山《たくさん》あったと思う。

「私、やってみようと思う」

昨晩はひたすらに考えた。ぐるぐると、何十周も何百周も。

どこまで考えても答えが出なかったので、眠ることにした。

朝パチリと起きた瞬間、最初に浮かんだ方の答えを採用しよう。

そう思って目を閉じて、夜明けにうっすら、眠りから覚めた時。

口からポソリとこぼれたのは、やりたい、という言葉だった。

「実力は足りてないけど、ダンスは絶対嫌いにならないし、協力してください」

ガバッ、と頭を下げた。

「星。あのね。怒らないで聞いてほしいんだけど」

紗枝がそっと、切りだした。

「昨日実は私たちこっそり相談したんだ。詩のポジションどうするかについて」

うん、と星はうなずく。自分を仲間はずれにしたかったわけではなく、配慮《はいりよ》してくれたということだろう。

すこし口ごもった紗枝に代わって、カンナが言った。

「なんかさ！　昨日はああ言ったけど割とみんな、星、アリじゃね？　みたいな感じになって」

「ええっ。そ、そうなの？」

「私は百％納得したわけじゃないんですけど。でも立候補もなかったので、やっぱり星先輩なのかな、って。昨日と意見が変わってごめんなさい」

里穂がちょっと肩をすくめて言う。

「私は星、怒んないから好き。それに一年の子たちも、星先輩がやる気になったらサポートしたいですって言ってたよ」

身体の前でぐっと拳をつくって、萌香が言った。

「はい。星先輩のダンスは上手《うま》くないけど、好きです」

「先輩が部長で良かったなってこと、いっぱいありました」

後輩たちも口々につづけた。「上手くない」というのは事実とはいえ失礼だったが、好きです、という言葉は素直に嬉しかった。

「いいのかな……実力じゃないけど」

「先輩。そこで尻込みするのやめてください。やるならやる。ここはそう言ってほしいです」

里穂が言った。彼女らしい口調、だけど決して、冷たい声ではなかった。

「コーチが以前『思ったことをきちんと言わないのはいけないこと』って言ってたから、私もたくさん一年の子たちの意見を聞いたんです。みんなでちゃんと、話し合いました。ほだされたわけじゃなく、これが一番いいだろうって思って、最終的に賛成しました」

「……ありがとう。頑張る」

答えてから、コーチの方に視線を向けた。な？　言った通りだろ？　とでも言うように歯を見せて笑っている。

「じゃあ、一人減った分、奇数から偶数向けに編成を変える」

「はい！」

全員の声が揃った。

「大丈夫だよ星。海見るときみたいな気分でいこう」

いつのまにか隣にいた詩が、ポンと背を叩く。

「海」

「そう。ひろーい海」

「詩の言うことってたまに分かんないよね」

反対側の隣にいる紗枝は呆《あき》れたように微笑《ほほえ》んでいるが、星にはわかる。

「川には対岸があるけど海はないから。対岸の誰かと比べなくていい」

合宿の時、そう言っていた。

誰とも比べないで踊ろうと思った。『守るべき道を大切にして』詩の歌にはそんな歌詞がある。

大丈夫だ。自分はちゃんと自分を大事にできるし、自分らしく踊れる。

Side 詩《うた》

七月の練習は、できる限り見に行った。

足に負担はかけられないので、できることはほとんどないし、自分が見に行くことで未練がましい感じが出たりしないかな、と思ったりもした。

でも、仕上がっていくダンスを見ていると、自分まで元気になれる気がしたから。

自分があの輪の中にいないのは、やっぱりかなり寂しいけれど。

「星先輩、ここはもうちょっとぐっとかかとを内側に入れた方が映えると思います」

「うん、わかった」

それぞれアドバイスし合いながら、振りの細かい部分を仕上げていく。

「『Bling Bling』のところ、手をもうちょっと立体的にして。『キラキラ』って意味だから、指先を広げて星をイメージして動かして」

「なるほど……」

コーチの指導にも熱が入っていた。

自分の曲に、誰かのイメージや解釈が乗って、歌とは違うパフォーマンスとして仕上がっていく。

スタジオの隅から見ているだけでも、それは十分にワクワクした。

足はやっぱりまだ、無理に動かすと痛い。

それでも上半身は普通に動くから、星にアドバイスをしたり、手を叩いてリズムをとったり。手伝える部分は手伝うことにしていた。

「大会当日、詩は来られないんだよね」

「うん。ごめん」

「仕事だから仕方ないよ！　動画撮ってもらうからあとで見てね」

一日一日と大会が迫ってくる中、星の表情には少しずつ自信がついていった。

「でも本当に良かった。詩が練習場所を探してくれなかったら、ここまでレベルアップできなかったと思う。ありがとね」

「……ううん」

あれから西校舎で薫子先輩に会うと、毎回きれいに無視をされる。

詩にも星にも、特には何も言ってこなかった。

部のことで用事があるときも、本当に何事もなかったかのような接し方をしてくる。

プライドの高い先輩のことだから、陸斗にフラれたことは口外してほしくないだろう。

友達に隠し事をするのは好きじゃない。だけど、次に何か邪魔をされるまではこのまま、星にも何も言わずにおこうと思った。

side 星《あかり》

大会の前日、ダンス部のみんなで、詩が歌うのを見に行った。

相変わらずそれほど積極的には宣伝していないけど、駅前の円形広場には詩の歌を目当てにお客さんが集まっていた。

この数か月で、さらに増えたような気がする。

祈るような手つきでスマホを握りしめて待っている人もいる。きっとこの人にとって、詩の歌は何かの願いとか力になるんだろう。

やってきた詩は、照れ臭《くさ》そうに星たちの方を見て軽く手を振った。

もう松葉づえはついていない。痛みはまだあるらしいけど、無理に体重をかけたりせず普通に歩くのは平気だと言っていた。

「先輩ー」と一年生に呼ばれて、ちょっとはにかんだような笑顔を作る。

「今日、高校の後輩たちが来てるんです。ちょっと騒がしいんですけど、良かったら最後まで聞いていってください」

そしていつものように、余計なことは言わず、ギターをぽろりと鳴らして歌い始めた。

今日は珍しくラブソングが中心だった。

夏の初めの切ない恋の歌とか、好きな人に手が届かないまま別れてしまう歌とか。

「うー……なんか切なくなってきたぁ」

「恋がしたくなりますよね」

「え、里穂も恋したいの？　意外」

「あ、当たり前じゃないですか。ヒトをサイボーグみたいに言わないでください」

「えー、じゃあさぁ。大会終わったらいつものファミレスで恋バナ会しよ、いちごパフェ食べようよ」

「夏のいちごっておいしくないから、メロンの方がいいと思いますけど」

「やだ、いちごの方がかわいいし！」

萌香と里穂が囁《ささや》き声でそんな会話をしている。

星はただ、詩の歌に聞き入っていた。

やっぱりすごいなと思う。

何度聞いてもすごいとか聞きたい以外の言葉がでてこないし、それで充分だと思ってしまう。

詩は歌ってる時は何も考えていないと言っていた。

だけどこんなにも『届く』し、誰の心もぐっとつかんでしまう。

きっと一生かかっても追いつけないけど。

でもほんの少しでも、こんな力が欲しい。

人の心の真ん中にぐっと、居場所をつくってしまうような才能。

欲しいと思って手に入るものじゃないけど、でも目指すくらいは、いいと思う。

数曲を歌い上げた後、詩はふーっと、満足げに息をついた。

「いつも、ありがとうございます。今日も、ほんと楽しかった。今日はちょっとだけＭＣ……ってほどじゃないけど……自分のこと話してもいいですか」

マイクを通して、ぼそぼそとそんな風に語る。

いつも歌を終えると、ほとんど無言のままお礼だけ言って帰ってしまうのに。

ファンらしい数人が、ちょっと意外そうな顔をした。

「私、高校生で……いま高校で部活もやってて。ダンス部なんですけど」

そこでちらっと星たちの方を見た。

「詩――！　かっこいい」

「せんぱーい！」

ダンス部員たちが小声で応援する。

「こういう感じの部で……合宿したり練習頑張って……えーっと……あ、この間期末試験だったんですけど、全員赤点免れました」

その言葉に、いえいとカンナが手を叩く。

あれから星は、生活リズムを全体的に見直した。

コーチに相談して、効果的なトレーニング方法を習い、疲れがたまった時にはきちんと申告して、メニューを軽くしてもらったりした。

体力をつけるのは大切だけど、焦らない。

振付もひとつずつ確実に磨《みが》きをかける。

勉強も眠い時には無理にやらないで、休息をとってすっきりした頭でする。

大役を与えられたことで逆に覚悟が決まったのか、いろんなことに腰を据えて、計画的に取り組めたと思う。ちょっとあぶない科目もあったけど、赤点は取らなかった。

「えっと……」

空を見て、ちょっと考えてから、詩がまた口を開いた。

「私はここで歌うの、好きです」

観衆から小さな拍手が起こった。

「ずっとここが自分の場所だと思ってきたし、たぶんこれからも大好きな場所だけど。最近もう一つ、ダンス部っていう居場所ができました。多分このさき、どんな場所で歌うことになっても、二つの居場所を思い出すと思います」

星の胸が熱くなった。詩の言う「この先どんな場所で歌うことになっても」というのは、もっと大きなステージとか、海の向こうとか、きっと星の届かない場所のことでもある。

それでも居場所として大切だと、言ってくれた。

「私は出られないんですけど……あした、友達が大会に出ます。絶対サイコーのダンスになるって信じてます。この曲に合わせて、皆が踊ってくれます。聞いてください『Bling Bling』」

目を閉じて、詩が歌いだす。

少し日の傾いた広場に、長くなった影がいくつも縞《しま》模様を作っていた。

大会前日は身体《からだ》を休めるように、と言われていたので、部員たちはそのまま解散した。

明日頑張れよ、と陸斗からLINEが来ていたので、うん、とだけ返事をして、電車の窓から流れる景色をぼんやりと眺める。

詩の歌がずっと、耳に残って響いていた。


大会当日の空には、ふよふよと頼りなく千切《ちぎ》れ雲が浮かんでいた。

移動のバスから一歩降り立った瞬間。漲《みなぎ》るようなやる気が出たけど、同時に空に突き放されたような気もした。ちりっと脳天が灼《や》ける。

ここまできたら、やるしかない。会場を見た時に、そう思った。

ロビーのあちらこちらで、すでに振りを合わせたり、打ち合わせをしたりしている姿がある。

色とりどりの衣装に飛び交う掛け声に、放送で誰かが呼び出される声。

一見賑《にぎ》やかだけど、実際には張りつめている。そんな風に見えた。

「緊張するよぉ」

萌香は今日もプルプルしていた。

「大丈夫だって、よーし！　軽くウォームアップしとこうよ。一年生には後でメイクしたげるかんね。赤強めのハードコアがあたし、ゆめかわガーリーは萌香の担当」

「先輩……中間ってないんですか……」

そんな風に話しながら、カンナがばさっと勢いよくジャージを脱ぐ。すでにユニフォームは下に着ていた。

「よし、がんばろ！」

星も続こうとするが、思い切り、ファスナーが噛《か》んだ。

「あ、あ、あれ」

肝心《かんじん》な時にまたこれだ！　と思いながら外そうとするけどしっかりと布を巻き込んでいる。

「星、緊張しすぎだって」

「ご、ごめん。そんなつもりなかったんだけど、あれ」

紗枝が優しい手つきで、嚙み合わせを直してくれた。

「わかった。緊張していいよ。いっぱい緊張しよ。それも星のいいとこだから」

「そう言われると困る……」

「もう、不器用なんだから。よしよし」

そのままムギュッと抱きしめてくれた。

頭や背中をぽんぽんと撫《な》でることはよくあるけど、紗枝はこういう直球のスキンシップみたいなことはあまりしないので、ちょっと面食らう。

だけど、普段しないことだからこそ、「効いた」。

「今日はもう、階段とかステージから落ちさえしなきゃなんでもいいよ。頑張ったよ星。今日まで頑張ったし」

涙腺《るいせん》が緩《ゆる》んで、ぷわっと涙が出そうになった。

「紗枝ぇー……」

「ちょっと、先輩たちなんで終わったみたいなムードになってるんですか。私そういうの嫌いなんですけど」

意識の高い里穂は、結果を出しもしないうちからの友情モードにムッとしている。

「ごめんごめん。でも、里穂もよく頑張ってくれてありがとう」

「……はい」

しかし、紗枝にお礼を言われると素直にそう言った。

最近ますます、里穂は紗枝になついている。

「出番は十四時半からのブロック。事前練習の時間があるけど、だいたいの舞台の大きさを確認するためのもので、持ち時間はせいぜい三十秒くらいだ。それまでは各自、無理のない範囲で身体を慣らしたり振りをさらったりするように」

コーチがそう説明をした。

「コーチぃ……他のチームの演技って見た方がいいですか」

「なんでそう弱気なんだよ、萌香は」

「だって、ほかの上手い子みたら緊張しちゃうし」

萌香は今日も子ウサギのように怯《おび》えていた。

「分かったよ。勉強や対策のために見てもいいし。それで調子が乱れるなら見なくていい」

ダンスの完成度は、あれから格段に上がったと思う。

だけど時折とんでもないミスをすることもあるし、調子によってはキレが足りないと思う時もある。

(正直私は、何も見ない方が精神衛生にいい気がするな……)

そう思った瞬間だった。

「じゃあ今年もサクッと優勝、いただきましょう!」

「暁津、ファイ！」

折り悪く、ひときわ大きく、ちょっと不遜《ふそん》にも思えるような内容のコールが響き渡った。

不死鳥のような真っ赤なコスチューム、キリリと炎の形に大きく書かれたアイメイク。

それらの鮮やかな「赤」の強さに負けていない、表情の強さとにじみ出る自信。

優勝候補の暁津高校だった。星が望んで入れなかった高校のダンス部。

円陣を組んだ後、ひとことも無駄口を叩かずに練習を始めた。

風を切る音まで聞こえてきそうな、ごくシンプルな薙《な》ぎ払いのモーション。

それが、けっして乱暴ではなく、軽々とぴったり同じ角度でシンクロしている。

一体何百回練習したら、あそこまで完璧《かんぺき》に同じ動きになるんだろう。

「うっわぁぁぁ、ロボットみたい。あれはレベルが違うよ、どうしよう」

「そう？　んなことないって。あたしは燃えてきたよ」

萌香とカンナの反応は、こんな時まで正反対だった。

里穂は厳しい顔で、じっと暁津の練習を見つめている。

（どうしよ。足が震えてきた）

選び抜かれた大型チームだけが持つ「圧」に、星は一瞬で心を折られかけていた。

ここまできて、なんで？　自分が情けなくなった。

五分だけ。本当に五分だけ一人になろう。誰の姿も視界に入らない時間を取ろう。

そう思って「ちょっと休んでくるね」とその場を離れた。

足が震えてるところなんて、皆には見せたくない。


建物の裏で壁に寄りかかって座り、イヤホンをさして『Bling Bling』を聴いている。

落ち着きを取り戻すにはこれが一番だと思った。

私は私の時が完璧。いつ聴いてもいい歌詞で、星に力をくれる。

私、完璧だったのかな。とつい考えた。

完璧だったよ！　とは言い切れない。だけど完璧だったかも、くらいは思える。それってきっとすごいことだ。

（あ、大丈夫だ。ちゃんとメンタル立ち直ってきた）

そわそわと落ち着かなかった胸のあたりがすっと静まる。

こういうところで切り替えができるようになったのも成長かもしれない。よしみんなのところに戻ろう。

そう思って立ち上がった時、背中から声がした。

「星」

そこにいたのは、詩だった。

もう何度目だろう。いるはずのない場所に突然詩が現れるのは。

今日は仕事で応援には来られないハズだったのに。

「見に来てくれたの？」

パッと立ち上がるとたまらず駆け寄った。

「ほんとのこと言っていい？」

「？」

「実は……仕事、午前だけだったんだ。マネージャーさんに送ってもらった」

「そうなんだ。良かった！」

「なんで嘘ついてたか、聞かないの？」

「えっ、でもそれは別に……嘘じゃないよね。予定は実際に入ってたんでしょ？」

「予定が入ってたのは本当。でも一つ、確かに嘘ついた。正確には、私が自分についた嘘」

「……うそ？」

Side 詩《うた》

詩が自分についた嘘。

ほんとうは出場したい気持ちを、平気な振りで抑えこんだこと。

今日は応援に行くのもやめておこうと、最初は思っていた。

「私も、踊りたい」

みんなの姿を目にしたら、そんな気持ちが抑えられなくなると思ったから。

だけどやっぱり来てしまったし、星を目の前にして、そんな言葉が、本当に口元まで出かけていた。

言ってしまおうかな。私も踊らせて、って。

まだ少し痛むし、念のためテーピングもしてあるけど、足は普通に動く。

ずっと練習を見てきたから振りは完全に頭に入っている。

客席からまったく見えないポジションでいい。私も加えてほしい。

そんな風に頼み込んだら、かなえてもらえないだろうか。

ここに来るまでに何度か覚えてしまった気持ちは、もちろんすぐに打ち消した。

自分が抜けて一か月、星だってみんなだって本気でやってきた。

直前でまた入りたいなんて、自分勝手すぎる。

そんな考えが浮かんだこと自体にびっくりした。

でも、会場に入って遠くからみんなのことを見たら、急にまた、その気持ちが蘇《よみがえ》ってしまった。

あの輪の中に自分がいないことが、やりきれなくなった。

「星」

「なに？」

言いかける。私、踊れたりしないかな。今からでも。コーチに頼んで。

「…………なんでもない」

でも、やめた。

「すごいへんなこと考えたけど、なしにする。頑張って」

「？」

星は不思議そうな顔をした。

出番の早いチームの演技が始まっているのか、ほんのかすかに音楽が聴こえる。

「あのね詩……こんなこと言ったらちょっと重い？　かもしれないんだけど」

「うん」

「私、本番では、詩が隣にいると思って踊ろうと思う」

星の言葉に、あ、と思った。
そうだ。踊りたくて踊りたくて仕方ない、それは自分の気持ちだから否定しない。
だけど、悲観なんかしなくていい。
星が、自分のことをステージに連れていってくれる。自分を感じて、踊ってくれる。
「うん。客席で見てるから」
ちゃんと笑ってそう言えた。
しっかり見届けようと思った。それが、自分に今できる一番のこと。

Side 星《あかり》

詩と二人でロビーに戻る途中、トン、と小さく、星の肩が前から歩いてきた誰かとぶつかった。さっき見かけた真っ赤なコスチューム、暁津高校の部員だ。星と同じように、友達と二人で歩いている。話に夢中でこちらに気づいていなかったらしい。

「あ、ごめんなさい」

星はとっさに謝った。しかし相手はそれには答えない。

「どこの高校の子？」

「知らなーい。なんかロビーで見たかもー」

わざわざすれ違った後で、そんな風に言い交わす。

本当に知らないというよりは、知っていてバカにしている口調だった。

「ねえ、なんで謝らないの」

よくとおる声で詩が言う。

暁津の二人が顔をしかめて振り返った。

「ぶつかった」

「は？」

露骨に不機嫌そうに肩をすくめる。

「今、星とぶつかった。星は謝った」

「何、この子」

おそらく三年生と思われる二人は、目を見合わせてやれやれと軽く首を振った。

「ほんとはこっちが謝ってほしいんだけど。私たち遊びで来てないし。てかあなた足怪我《けが》してるし補欠でしょ？　今日はなんにも関係なくない？」

「いいよね、どこか知らないけど気楽な部みたいで」

「ただでさえ人数少ないっぽいけど、怪我人までいて大丈夫？」

この会場で一番えらいのは自分だと言わんばかりだった。

悪意たっぷりの態度に、星の胸でも小さく反発心が湧く。

（いくらなんでもひどい……）

「詩は補欠じゃないし私たちは遊びでやってません」

すこし上ずった声でそう言ったら、今度は星が睨《にら》まれた。

「え？　すごーい。まさか言い返されると思わなかったー」

見下したような声と真っ赤なアイラインに縁どられた目が怖い。だけどさすがに怪我のことまで持ちだされては黙っていられなかった。とはいえこれ以上言い返したら相手もエスカレートしそうだし、どうしていいのか分からない。

「何かトラブルですか？」

数秒にらみ合って引っ込みがつかなくなっていると、声が割って入った。

「え？」

声の主が意外な人物だったので星と詩は言葉を失う。

制服姿でそこに立っているのは薫子先輩だった。スタッフ用の腕章をつけている。なんでここに？　と小さく呟《つぶや》きがこぼれた。

「うちの高校から行くはずだったボランティアの子が急に体調を崩したので、会場整理やお客さんの案内をしてるの。いったい何事？　秀瑛と暁津でトラブルなら、本部に報告しましょうか」

「いや、それは」

どうしよう、と星と詩は視線を交わす。相手の二人も、腕章をつけた先輩の登場には不意をつかれたのか、言葉に詰まった。

これをきっかけにまた、何か先輩から邪魔をされるかもしれないと、星は不安を覚える。

しかし先輩は、星たちではなく、暁津の部員に向き直った。

「何か中傷めいた言葉も聞こえたけど。私は秀瑛の生徒会長です。お話があるなら聞きましょうか？　こちらの活動方針や部員数に関して、何か問題でも？」

「……なんでもないです」

丁寧《ていねい》口調になって、そそくさと逃げていった。さすがに生徒会長兼スタッフの前で喧嘩《けんか》はまずいと思ったのかもしれない。

相手が廊下《ろうか》の向こうに消えたのを確認してから、先輩は冷たい目をして星たちの方を見た。

「呆《あき》れた。大会当日に口喧嘩なんて。秀瑛の運動部たる自覚が足りないわ」

「……あっちがぶつかってきた」

「だからって言い争いをしてどうするの？　今日がなんの日か分かってる？　子供じゃないんだからしっかりして」

「薫子先輩、でも、あの、……ありがとうございました」

星は戸惑いつつもお礼を言った。

本部に告げ口でもされたらどうしようと不安な気持ちにはなるが、一応相手を追い払ってくれたのは事実だ。

「きちんと踊ってよね」

「え?」

「誤解しないでね。私は学校のために来ただけで、ウチが馬鹿にされるのが許せないから仲裁しただけ。これ以上のモメ事は起こさないで。何か問題起こしたら、二学期の練習場所の使用許可、すぐ取り消すから」

「え？　先輩、使用許可くれるんですか？」

いきなり二学期の話をされ、しかも練習の許可が出ると聞いて思わずぽかんとした。もちろん出ないのは困るけど。

「……あれから、学校でいろんな子に聞かれたの。ダンス部を全然見かけないけど何してるの、また中庭で踊らないのって」

「そうなんですか……」

「だから、練習は許可します。だけど、秀瑛にふさわしくないと思ったら、いつでも取り消せるから。そこは忘れないでね」

「ありがとうございます！」

今まで散々目の敵《かたき》にされたのに我ながら単純だとは思うけど、また学校でも練習できると思うと嬉しくなって、ぴょこっと頭を下げた。

「……馬鹿みたいに素直なのね。こういうところなのかしら」

先輩はぼそっと言うが、星にはよく分からなかった。

「？　なんですか？」

「なんでもありません。まったくあなたにはかなわないわね」

そしてふぅ、と小さく息をつく。

「……」

「……」

「じゃ」

薫子先輩は、何故かしばらくじっと星を見てから、プイっと背を向けて歩き去った。

(今、謝ろうとしてた?)

まったく根拠はないが、何故かそんな気がした。

(……違うよね、うん)

「会長、公私混同やめたのかな……」

詩がぽつんとそんなことを言った。

「詩? 公私混同って何?」

「んー、なんでもない。星は知らなくていいかも」

ちょっと歯切れ悪く詩が目をそらす。なぜ二人とも、よく分からないことを言うんだろう。不思議に思っていると、ロビーの方から紗枝が駆けてきた。

「星ー! 何してんの……あれ? 詩?」

「紗枝! 詩が来てくれんだよ! さ、行こ! 詩も最後の全体練習見てね!」

元気よく答えて、詩の背を押す。出番が、少しずつ近づいていた。

出番を数組先に控えて、控室で円陣を組んでいた。詩も一緒に。

「今日まで全員、頑張ってきた。今日はいつも通りやれば大丈夫」

「はい！」

「難しい振りを作ったし、いろいろ無茶も言ったけど、いい作品に仕上がったと思ってる。みんなめちゃくちゃカッコいいから自信もって踊ってな」

「はい！」

コーチの言葉に、全員の声が揃《そろ》う。

「ミスしてもしまったって顔するな。堂々と何事もなかったような顔して踊り続けろ。これも振りだった、って顔して、戻れるとこから戻る。それでどうにかなるから」

ここへきてミスの話なんてしないでください、という気分だったけど、そう言われると少し安心した。そうだ、何かあっても上手に切り替えよう。きっとどうにかなる。

「部長、何かあるか」

コーチの視線が星の方を向いた。

伝えたいことはいろいろあるけど、出番前の緊張で、うまく言葉にならない。

「……えっと……ダンス部はじめての公式大会です。頑張りましょう」

「フツーすぎ！」

カンナが苦笑した。

「確かに、フツーだけど……でも本当、ここまで来られて良かった！　フツーに良かったって思ってる！　みんなありがとう、頑張ろうね、詩も見ててくれるし！」

「うん！」

どうせなら思いっきり当たり前フツーのことを言おう。そう思ってぐっと腰を落としながら言った。右に紗枝、左に詩。しっかりと組んだ肩から感じる体温が心強かった。


『次は二十八番　秀瑛高校』

そうコールされてステージに出た時、一番に目に入ったのは、光だった。

照明がまっすぐにこっちを向いている。踊るのには支障ないけど、少し、まぶしかった。

だけどそれでいい、と思う。

お客さんたちの顔もよく見えないし、かえって緊張しなくてすむ。

何より、隣にいるメンバーのことは、分かる。

今まで何度も一緒に踊ってきたから。誰がどこにいるか、見えなくたって感じられる。

「……あれ？」

最初は全員固まった状態で背中をむけて。

すぐに振りむいて、パッと展開して、

それから。それから……。

「……」

その先が、出てこない。

(うそ！　振付が頭から飛んでる)

あと数秒で、曲が始まるのに！　なんでこうなってしまうんだろう。

せっかく静まっていた心臓が、胸から飛び出しそうなほどに暴れ出した。

手のひらがカッと熱くなる。なのに血の気が全部なくなったみたいに、足の先が冷たい。

こめかみがキリッと痛んだ。

どうしよう。このままじゃ棒立ちになる。

そう思った時だった。

「星！」

客席の方から、声がした。詩だ。

照明が眩《まぶ》しいから、顔は見えない。だけど確かに聞こえた。

たった一言、名前を呼ばれただけ。

なのにパチッと、パズルのピースがハマるみたいに気持ちが落ち着いた。

今あるべき場所に引き戻されたような感覚だった。

《自分のstyleでいこう Bling Bling》

音楽が流れだす。ごくごく自然に、腕が動いた。
「あ……踊れてる」
春に円形広場で、詩と即興ダンスをあわせたときと同じだ。
音を浴びせられたことを喜ぶように、身体《からだ》が動き出した。
《情けないことばかり嫌になる時もある My life》
指をまっすぐ前に出す。カウントをひとつずつずらして踊るカノン。
全員の動きがきれいに流れるよう、毎日くりかえし練習した。
《私は私の時が完璧《かんぺき》》
指でOKサインをつくって、ぐいっと両腕で外に向ける。
誰かになる必要はない。自分のままでいい。それを思いっきり表現する動き。
(大丈夫、いける!)
何十回何百回と練習したとおりに、伸びやかに手足が動く。
疲れがこない。少しずつでも頑張ってきた体力増強計画が実を結んでいた。
(楽しい!)
踊れば踊るだけ、肺の中に酸素がぐいぐい送り込まれてくるような気がしてくる。
アドレナリン出ちゃってる、と思った。
会場のお客さんの姿は、やっぱりあまり見えない。

動くたびに、光だけがキラキラと舞って見える。

だけど、届けばいいと思う。

星が詩の歌をはじめて聞いた時みたいな何かすごいこと、特別なことが起こる予感、会場の人にも感じてほしい。

Side 詩《うた》

自分の歌で、ダンス部員たちが踊っている。

星が笑っていた。ステージの真ん中で、楽しそうに。

「良かった……」

スタンバイ中に顔が青くなっていたので、心配して思わず声を上げてしまったけど。

緊張から解き放たれたように、のびのび踊っていた。

顔の横で「キラキラ」をかたどって手を動かしながら、これ以上ないくらい楽しそうな笑顔をこぼしている。

紗枝も、カンナも、萌香も、他のみんなもだ。

紗枝の柔らかく伸ばされた腕。カンナのそこだけ別の生き物みたいに波打つ背。萌香の愛らしく跳ねるようなステップ。

それぞれちゃんといいところが出ている。一人一人がスペシャル。みんなに出会うよりも前に書いた詞だけど、なんだかこの日のために用意した言葉のようにも感じた。

星の口元は歌詞を口ずさむように動いている。全身音楽と一つになっていた。

客席から、パラパラと聞こえていた手を打ち鳴らす音。

それが少しずつ大きくなって、手拍子に変わっていく。

摑《つか》んでる、と思った。

『変わり続けられるBrand new days』と歌いながら、最後にステージの真ん中で、星は大きく飛んだ。

なんにも怖いものなんかなさそうな、高い高いジャンプ。

近くの席で、誰かが小さく息をのむのが聞こえた。

カッコイイよ、星。

気が付くと立ち上がって拍手を送っていた。誰よりも、強く。

side 星《あかり》

舞台裏に引っ込んだ瞬間、身体《からだ》からすべての力が抜けた。

「お疲れさん。良かったよ。俺も久しぶりに熱くなった」

コーチが頭の上で拍手しながら出迎えてくれた。

「はぁぁぁぁぁー」

全員、ぺったりとその場に座り込む。

「あああ緊張したぁぁぁ」

萌香はすでにぽろぽろ泣いている。

「ほらほら泣かないの。メイク落ちちゃう」

紗枝が指先でそっと、目尻のあたりをぬぐってやっていた。

「そうだぞ。もしかしたら表彰式出るかもしれないんだから。顔ドロドロ恥ずかしーじゃん」

と言いつつ、カンナもちょっと涙ぐんでいる。

「コーチ。ありがとうございました」

紗枝が少し詰まった声で言って、頭を下げる。

「ん。全員よく頑張った。さ、結果発表は客席で聞くことになってるから、戻ろう。詩も待ってる」

はい、と答えて、ステージの方を振り返った。

空気の中の小さな塵《ちり》まで照らすような照明の中で、もう次の学校が演技に入っている。

さっきまで自分がそこにいたとは信じられないほど、まぶしい場所だった。

「入賞できるかなぁ？」

「得点はどう出るか分かんないけどな。大丈夫だ。お前らは勝ったよ。俺のカンだけど」

コーチは根拠もなくそんなことを言って、自信たっぷりに笑っていた。

「もう、コーチ。またカンですか？」

「カンを馬鹿にするなって言ったろー？」

じわじわと進むバスの揺れが、疲れた身体に心地よかった。

会場の駐車場から出ていく車の列は、なかなか進まない。

すでにみんな、座席に沈んですやすやと寝ている。

（コーチまで寝てる……）

全員、子供みたいに気持ちよさそうに寝息を立てていた。

なんとなく眠気に包まれ始めたので、星も脱いだジャージを身体にかけて、目を細めた。

ブラインドを下ろしても、わずかに隙間《すきま》から差し込む日はまだまだ、まぶしい。

だけど全部終わった後だから、なんとなく優しい光のようにも感じた。

今年は番くるわせがあって、優勝校が暁津じゃなかった。

絶対王者のように思われていた優勝候補を破ったのは、数年前にできたばかりの新設校だった。やったね、頑張ってよかったね、と抱き合って喜んでいる姿を見て、ほんの数年でも本気でやればできることってあるんだな、と星までしんみりした。

そして秀瑛は、入賞しなかった。

ホールの客席で発表を聞いた時、こらえようと思ってもやっぱり鼻の奥がツンとした。

「来年がありますから。私が新しい一年、鍛えるんで」

前の座席からくるりと振り返り、最初にそう言ったのは里穂だった。

「あー、くやしい、来年もっとすごいことやんないと」

「これ以上すごいことって何……？」

「それは、これから考えんの」

「うん、そうだね。きっとできるよね。私たち頑張ったもん」

カンナと萌香も、入賞校に拍手を送りながら、言葉を交わし合っている。

「星。お疲れ。負けちゃったけど……なんかスッキリしたね」

「うん」

隣の紗枝に言われて頷《うなず》く。悔《くや》しい気持ちももちろんないわけじゃないけど、確かに「スッキリ」というのは当たっていると思った。胸の中に何もつかえがない、晴れやかな気持ち。


誰も後ろ向きなことは、言わなかった。

まだこれからのことは何も分からない。まだ夏なのに、来年のことなんて気が早い。だけどきっと次も、あのキラキラした舞台に立っていると思う。

そんなふうにつらつらと考えていると、そのうちに眠ってしまった。


家に帰ってもまだ、興奮が身体からぬけないような気がして、ずっとふわふわした気持ちでいた。

(はー、なんか抜け殻《がら》って感じ……)

真夏の空気は、日が落ちてもまだぬるい。

やたらと大きくて黄色っぽい色の月が、雲の切れ間にのぞいている。

疲れているけどすぐにはベッドに入る気になれなくて、なんとなく風に吹かれていた。

「おい」

小さなベンチに座っていると、陸斗が窓から顔を出した。「そっち行っていいか?」と断ってから、星の家の方の庭までやってきて、すぐそばの芝生《しばふ》に座る。

「おつかれ」

「ん」

なんのこととも言わないし、結果がどうだったかとも聞かない。

二人とも何も言わずに、ただぼんやりしていた。かすかな虫の声と、どこかの家から聞こえてくるテレビの笑い声。

「大会、終わっちゃった。なんか寂しいな」

ぽつんとつぶやく。四月に詩を誘って、五月に合宿して、練習場所がなくなったり詩を怪我させてしまったり。いいことも悪いことも色々あったけど、とにかく終わった。

「終わってない」

夜空を見上げるようにぐっと身体をそらして、陸斗が言った。

「お前ら、バズってる」

「ばず……?」

意味がつかめないので、首をかしげた。言葉の意味ならば分かる。ネットへの投稿に爆発的な反響があること。

「高校ダンス大会、秀瑛、あたりでネット検索してみな」

「えっ、でもあの大会の映像って勝手に使用はできないはずなんだけど」

高校生の大会ということで、演技の映像の使用範囲は厳格に定められている。無許可では動画サイトに上げられないはずだ。

「いいから」

陸斗が言うので首を傾《かし》げつつ、検索欄《けんさくらん》に打ち込んでみる。

「あっ!!」

映像はすぐに見つかった。短い動画をアップできる投稿サイトで、確かに小規模ながら、バズッている。

気に入った映像につけられるライクの数が3000を超えていた。

だけどそれは、星たちの踊る映像じゃない。

「今日、受験勉強の息抜き&学校決めの参考にダンスの大会を見に行きました。カッコよかった！」

中学生くらいの女の子の三人組だった。全員しっかりメイクしていてスタイルもいい。

「秀瑛高校の踊りが好き！　見様見真似《みようみまね》だけどちょっとだけ踊ってみました」

星たちのダンスが、ほんの十数秒、コピーされていた。

「第一志望は暁津だけど、でも秀瑛もいいな。楽しそう！」

そんなコメントがついている。投稿者のプロフィール欄に「ミミ15歳、ダンスはじめたて」と書いてあった。ちょうど二年前の星のように、進学について考えながら趣味でダンスを踊っているのだろう。

五月、円形広場でコーチと話したときのことを思い出した。あの時、コーチのストリートダンスをすぐに真似して踊っていた、ぶかぶかの服を着た男の子。

「そっか……真似してくれたんだ、誰か」

「お前らは勝ったよ」という、コーチの言葉を思いだす。

賞は取れなかったけど、誰かに「届いた」。それだって十分な結果だ。

「やったぁ……てか陸斗、よく気づいたね、こんなの。わざわざ検索したの？」

「……お前がコケてないか心配で調べたんだよ。今日、見に行こうかなって思ったけど、部活が合同練習だったから」

「コケてないか心配って、過保護だなぁ……ちゃんと踊れたってば」

「でもすごい緊張しただろ」

「それはうん、した」

「ほらな」

「うるさい」

言い合いながらも、何度も繰り返し動画を再生してしまう。嬉しすぎて、知らずスマホを両手で包みこんでいた。

顔を上げたら、陸斗とぱちりと目が合った。星の笑顔をほんの一瞬じっと見てから、めずらしくフイッと目をそらす。少し早口で尋ねた。

「次は何すんの、ダンス部」

「ステージってことなら、十月の文化祭かな。あしたみんなで打ち上げやるから、いろいろ相談するんだ」

「文化祭……」

「そう。去年は八人しかいなかったけど、今年は人数も倍になってるから！　楽しみ」

秀瑛の文化祭は外部からの来客も多く毎年盛況だ。未来のダンス部員の勧誘のためにも頑張りどころである。

「あのさ。星」

「何？」

「文化祭の日ってお前なにしてんの」

「？　だから、ステージに出るんだってば」

「それ以外の時間だよ」

「クラスでやる出し物の手伝い……?」

「いやだから、それ以外の……あーもう、いいよ別に、なんでもない」

自分で言い出しておいて話の着地点が見つからなくなったのか、陸斗は頭をワシワシやって話を打ち切った。だけどその場は去らない。星は不思議に思いながら、大きく息を吸った。ぬるくてちょっと青くさいような、夏の夜の匂《にお》いがする。少し眠くなったので「ふわああ」とあくびをしたら、陸斗が「すげー顔」と笑った。

Side 詩《うた》

翌日の打ち上げは、ささやかながらに盛り上がった。

場所は駅裏のスタジオの一階部分。シノブが場所を提供してくれた。

「それでは我らが秀瑛高校ダンス部の大健闘とぷちバズりを祝して、かんぱーい」

「我らって何、シノブさん別に部員じゃないじゃん」

「なんだよカンナ、冷たいこと言うなよー」

「呼び捨てすんなし！　馴《な》れ馴《な》れしい！」

「いやだぁ！　私のカンナを取らないで」

「いや別に萌香のってわけでもねーんだけど」

いつものようにだらだらとしゃべる甘辛《あまから》コンビの前には、コンビニスイーツからポテチから駄菓子までありとあらゆるお菓子が山盛りに積んである。詩は一年生と一緒に「ぴっぴっぴー」とフエラムネを鳴らしていた。

「部員獲得のためにも、文化祭は思いっきりキャッチーな曲、増やしません？　持ち時間どのくらいですか？」

「二十分くらいかな。去年はホントに踊るだけで精一杯だったけど、今年はいろいろできると思うよ。一年だけで一曲やってみる？」

「本当ですか？」

ぴーぴーとやかましい中、紗枝と里穂はもう秋のことを相談している。

「シノブさん。いろいろありがとうございました」

「……ありがとう」

カウンターに戻ったシノブに、星が頭を下げた。詩もフエラムネを鳴らすのをやめ、横に並んで、それにならう。

「いいよー、俺何もしてないし。星ちゃん、これからも詩ちゃんのことよろしくね」

「………馴れ馴れしい」

保護者面《づら》をされたので、詩はカンナの言い方を真似《まね》して言ってみた。シノブは「ひっで」と噴き出す。

「そういえばさ。詩ちゃんたちがつくった地下のスタジオ、あそこいい感じにエモい空間になってるし、しばらくあのままの状態で使っちゃおうかと思ってるんだよね」

「え？　残してもらえるんですか？」

「うん。いつか有名になるかもしんないじゃん。若かりし頃の栗原詩の落書きがあるスタジオってことでさ。そのうちまた踊りにおいで。俺、全員揃《そろ》ってダンスしてるとこ、まだ見てないし」

シノブの言葉にうなずいた時、そっか、そういえばしばらく全員でダンスをしてないな、と思った。そこでふっと一つ、頭の隅にひらめきが浮かんだ。

「あ、いいこと考えた」

「詩、どうしたの？　いいことって何？」

「まだ内緒」

スマホを取り出して、とある場所に送るメールを打ち始めた。

大会の時のダンス部はめちゃくちゃにかっこよくて最高だったと、詩は思う。

だけど夏はまだ残っている。最高がもう一回あったっていい。

Side 星《あかり》

日暮れの円形広場に、長い影が伸びていた。

ひぐらしの声が細く響いている。街路樹なんてほとんどないのに、どこで頑張って鳴いてるんだろう。

暑い暑い夏が、終わろうとしていた。

詩がベンチで足首を軽く回しながら、身体《からだ》を温めている。

「詩、本当に大丈夫？」

「うん。もう運動して大丈夫って言われた」

全員で踊るのは二か月半ぶりだ。

今日は本当なら、詩がいつものようにここでギターを弾いて歌う日。

だけど、詩の計らいで特別に、ダンスを一曲、披露できることになっている。

「私たち、踊っちゃっていいのかな？　ここ、ちゃんとした実績がないとパフォーマンスできないんだよね？」

「あんまり何度もっていうのは厳しいかもしれないけど……今日はとりあえず、私の名前で許可は取ってある。星がいきなり声かけてきた場所だから、一回ここでみんなで踊りたかったんだ」

「もー、いい加減忘れてよ……」

「また誰かが突っ込んできたらどうしよう。『この曲なに?』って」

「やめてってば」

あの日のことを持ち出されると、やっぱり未だに、はずかしい。

星は上半身を大きく回した。ここでダンス部全員で踊れるのは素直に嬉しい。

みんなは思い思いの恰好で、ストレッチをしていた。すでにぱらぱらとお客さんが集まっているので少し緊張気味で……だけどすごく、楽しそうだ。

駅の向こうに、夕日が沈みかけていた。

時間が来ると、詩が地面にカタンとスマホを置く。

「じゃ、いくよ」

そんな声とともに、音楽が流れ始めた。

心にカチッと鍵《かぎ》がはまるみたいに、この曲を聴くと、勝手に身体が動く。

オレンジ色の光に優しく包まれて踊ると、なんだか嬉しいのに切なくて、ちょっと泣きそうになった。でもそれもほんの一時。すぐに楽しくて楽しくて仕方がなくなる。

《自分のstyleで行こう Bling Bling Bling

良いと思ったものに Feel Feel Feel
誰かになる必要はない
私は私の時が完璧《かんぺき》》

音楽は鳴り続けている。

そう。私は私の時が完璧。

夏はもう終わるけど、星は明日も明後日もきっと、こうやって踊っている。円形広場に少しずつ、人が集まり始めた。誰の前にいる時も、そして誰も見ていない時でも。この先ずっと、サイコーに自分らしい姿で踊ろう。そう思うと、ひとりでに顔がほころんだ。

※この作品はフィクションです。実在の人物・団体・事件などにはいっさい関係ありません。

集英社オレンジ文庫をお買い上げいただき、ありがとうございます。
ご意見・ご感想をお待ちしております。

●あて先
〒101-8050　東京都千代田区一ツ橋2-5-10
集英社オレンジ文庫編集部 気付
相羽　鈴先生

Bling Bling

ダンス部女子の100日革命！

集英社
オレンジ文庫

2021年5月25日　第1刷発行

著　者　相羽　鈴
発行者　北畠輝幸
発行所　株式会社集英社
〒101-8050東京都千代田区一ツ橋2-5-10
電話【編集部】03-3230-6352
【読者係】03-3230-6080
【販売部】03-3230-6393（書店専用）
印刷所　大日本印刷株式会社

ISBN 978-4-08-680386-1 C0193

集英社オレンジ文庫

希多美咲

あやかしギャラリー画楽多堂

〜転生絵師の封筆事件簿〜

不思議なオークション、どんな願いも
叶う神社、運命を交換できるアプリ…。
あやしい事件の裏にはあやかしの影!?
描いた絵にあやかしを封じる力を持つ
謎多き転生絵師の筆が今日も走る!!